旺華国後宮の薬師 6

甲斐田紫乃

――好事魔多し、と人は言う。

慶事や祝い事はとかく妨害を受け、よい巡り合わせには横槍が入るものだと。

然り、それは旺華国の歴史を紐解いても同じである。

病は祝賀のさなかに頭をもたげ、毒が佳肴を蝕む。

あたかも意思があるかのごとく、それらは民を、そして貴人をも苛むものだ。

後の史書にて「薬妃」と名高き、董英鈴にもまた同じこと。

時の皇帝・丁朱心が、龍神の厚い加護のもとにその御世をいよいよ輝かせんとした時、思いもかけぬ毒が猛威を振るう。

それは英鈴のみならず、皇帝を、そしてこの旺華国そのものをも砕かんと牙を剥く。

果たして『不苦の良薬』は、いかにしてそれに立ち向かうのか。

大業を成すは、独力に非ず。

咲き乱れる後宮の花を束ね、枯れつつある大輪を救ってこそ、秘薬苑の主である。

俯くことなく、薬妃は立ち向かったという。

それこそが、国を救う薬師の役目なのだと知るがゆえ――

たとえ、黄昏のうちに駆けるとも。

第一章　英鈴、矢面に立つこと

「はあっ、はあっ、はっ……！」

頬を撫で、肺腑を満たす空気は冷たく――そして、夕闇は徐々に濃くなっていく。

けれども英鈴はその足を止めることなく、黒髪を振り乱し、その双眸で凛々しく前を見据えて、ひたすらに道を走った。行く手は暗くても、幸い、この辺りなら土地勘がある。

（まずは、ここから離れよう）

離れて、できれば人混みの中へ。

自分があそこを抜け出したことにはまだ、きっと誰も気づいていないだろう。

けれどここで見咎められてしまったなら、すべてが無駄になる。

（……助けなくちゃ、私が。何が起こっているのか、はっきりさせないと……！）

でないと、きっと何もかもが壊れてしまう。

英鈴は衛兵たちの目を運よく掻い潜り、塀に開いていた穴から外へ這い出ると、一息に街の人だかりに紛れ込んだ。

和やかに行き交う人々とすれ違いつつ、ふと、二日前の出来事を思い出す。

いつものように薬童代理として、朱心に薬を提供していたのは——たった二日前の朝だったのだ。

＊＊＊

「これは……酒か？」

「はい、陛下」

未だ冬の気配の残る曇天の下、旺華国・華州は臨寧の禁城にて。

皇帝である朱心と相対した英鈴は、微笑みと共にそう応えた。

今朝の朱心は、城にある露台に食事の席を設けている。昨日の執務は明け方まで続いたので、目を覚ますためとのことだけれども、それにしても肌寒い。

陽光は分厚い灰色の雲に遮られており、後宮の庭にある梅の蕾は、今朝も固く閉じたままだった。とても立春を過ぎたようには思えない。

神話の女仙と見紛うばかりの朱心の白皙の美貌も、寒さのせいか、普段よりさらに怜悧な印象を帯びていた。彼が両手に持つ黒い碗の中身だけが、ふわふわと湯気をあげている。

「朝餉(あさげ)の席で酒、とはな」

碗に注がれた白い液体を見やり、朱心の口にうっすらと、皮肉っぽい笑みが浮かぶ。

「皇帝の務めなど、酔いながらやればよいという忠言か。それとも、今朝からの薬――『安央散(あんおうさん)』とは、酒で服すべきものだとでも？」

「もちろん後者です」

朱心が怪訝(けげん)な顔になるのはわかっていた。落ち着いた態度で、英鈴は説明する。

「薬のうちには『酒服』、つまりお酒で服してもよいとされるものがあります。安央散は、細かくした草木を少量の熱酒で飲むと、より効果が高まると言われているのです」

もちろん、身体(からだ)への負担や気・血・水の均衡を考えれば、酒と一緒に服用すべきでない薬のほうが圧倒的に多い。けれども少数ながら、冷えた身体の血行の改善、または風邪の予防のために、酒に混ぜて飲むことが勧められている薬もあるのだ。

「安央散には、腹部を温める効能を持つ乾姜(かんきょう)が含まれていますし、名の通り炙(あぶ)った甘草である炙甘草(しゃかんぞう)も入っています。それになんといっても牡蛎(ぼれい)のお蔭(かげ)で、磯(いそ)の香りがしますからね。お酒にぴったりな味なのだと、前に私の父も申しておりました」

「ぼれい、とは？」

耳慣れない言葉だったのか、朱心が眉を顰(ひそ)める。そこで、急いで補足した。

「あっ、貝のカキのことです。砕いた殻の部分だけですが」

「なるほど」

鼻先に碗を寄せ、そっと匂いを確かめつつ朱心は言った。英鈴は説明を続ける。

「牡蛎にはまさに貝殻そのもののように、心身を守る効能があるのです。例えば精神に対しては、不安や不眠に対抗する鎮静作用を持ちます。そして肉体に対しては、体外への余計な水の流出を抑えるという……」

と、ここまで語って、慌てて口を噤んだ。

「もっ、申し訳ありません。またお話ししすぎてしまうところでした」

「自覚して止めただけ、今回はよしとしてやろう。それはそれとして」

相手は呆れたように「ふむ」と唸る。

「理屈はわかった。それに、私はそう酒に弱い性質でもないが……薬のためとはいえ、食事のたびに飲酒するというのはいかがなものか、とは思わんのか」

「そう仰せになると思っていましたので」

胸に手を当てて、きっぱりと答えた。

「そちらは、お酒はお酒でも酔わないものにしてあります。つまり、酒醸です。ご存じかとは思いますが」

「酒醸？　米を発酵させて作る甘味か」

「はい、陛下」

　ずっとどこか訝しげだった朱心の面持ちが、甘味の名前が出た途端にやや明るくなる。それがなぜかとても嬉しくて、自然と明るい笑みを浮かべながら、英鈴は続けて語った。

「酒醸は、白玉団子を入れて食後の甘味としていただくことが多い食べ物ですが、水を足して濃度を薄くすると、甘くて喉越しのよい飲み物になるのです。夏の暑い盛りに冷やして飲んでも美味しいですし、冬はこうして温めれば……」

「身体を芯から温める、ということか」

「仰る通りです。それに酒醸なら、子どもでも飲める『甘酒』ですからね」

　説明の終わりを示すように軽く頭を垂れつつ、言葉を重ねる。

「酔いをもたらさず、しかもお酒と同じように薬の効能を助ける。互いを支え合う『不苦の良薬』を作り出せたかと、考えております」

「ふっ。大言を吐くのは、私を納得させてからにせよ」

　そう語る言葉は厳しくとも、碗を傾けて口に運ぶその手つきは、どこか期待しているように見えた――というのは、こちらの願望が混じってしまっているかもしれないけれど。

　今回作った不苦の良薬、『酒醸安央散』を半量ほど一息に口にした朱心の頰は、ほどなくして自然な赤みを増していった。軽く唇を拭って再び英鈴に視線を向けた彼は、今度こそ本心からの笑みを浮かべている。

「僅かな時間を与えられ、この成果とはな。期待通りの働きだと褒めてやろう、董貴妃よ。もはや本職の薬師も顔負けといったところか？」

「恐れ入ります、陛下！」

深く頭を垂れながら、やっぱり喜びを抑えきれない。酒醸を飲んだわけでもないのに、自分の頬まで赤くなっていくような気がして、なんだか気恥ずかしくなった。

一方で朱心はこちらに視線を注いだまま、なおもにやにやとしている。

「ここは一つ、健闘を讃えて褒美をやるとしよう。この酒醸、まだ残りはあるか」

「あっ、はい。念のため、用意してまいりました」

もし何かあって量が足りなくなった時のために、薬を混ぜていない酒醸だけを、蓋をした小鍋に入れて持ってきていた。傍らに置いたそれを、朱心に見せるようにしながら蓋を開けると、ふわりとした香気と湯気が宙を舞う。

「そうか。ならば」

朱心は食卓に置かれた別の碗と、空いている椅子――彼のすぐ近くにある椅子のほうを指し、さらりと口にした。

「許す。褒美としてここで今、酒醸を飲んでいくがいい」

「えっ!?」

――ここで、陛下と一緒に？

さすがにびっくりして目を瞬かせていると、かたや朱心はひどく面白そうに口の端を吊り上げている。

「よもや不服か？　私のために用意されたものを、私自らが下賜してやろうというのだ。喜び勇んでみせるのが、臣下の務めというものではないのか」

「い、いえ。不服なのではなく」

英鈴は視線だけ動かして、誰も座っていない椅子を見やった。もしあんなところに座ったら――完全に、皇帝陛下と隣り合わせになってしまう。

（た、確かに私は陛下の薬童代理で、貴妃だけれど……それでも、陛下のあんな近くで酒醸を飲むなんて、いいのかな）

なんだかそれは、身に余るような幸せだと感じてしまうのだけれど。

そのまま胸がどきどきと高鳴るのを感じていると、まるで急かすように、朱心が軽く咳払いしてみせた。

（あっ。陛下はこれから朝餉だし……お仕事もあるから、お待たせしてはいけないよね）

だからこれは仕方ない行為で、などと自分の中で理由をつけつつ、英鈴は小鍋を持っておずおずと椅子に進み、静かに座る。

碗に新しく酒醸を注げば、甘く温かな香りが、冷たい空気に溶けていく。こちらがそっと碗を手に取ると、それに合わせてなのか、朱心が薬の残りを飲み干した。

——彼の身動きも、衣擦れ(きぬず)の音も、飲み干した後に僅かに漏れた息遣いも、すぐに届くほどの距離に、自分はいる。

もちろんそんな経験は今までに何度かあるけれど、今日こうして初春の空の下にいるとどうしても、新鮮で甘やかな時間のように感じてしまうのだった。

「い、いただきます！」

一声発してから、酒醸を啜(すす)る。途端に口の中に自然な甘みとまろやかな感触が広がって、英鈴は思わず、ほっとため息を吐いた。

「美味しい……！」

「それは重畳。いつぞやの馬乳酒(ばにゅうしゅ)と違い、今日はそのまま居眠りすることもなさそうだな」

「ええ、それはもちろん！」

目を細めている朱心に対して、薬師としての確証をもって、力強く頷(うなず)いて応える。

「この酒醸は薄めてあるだけでなく、子どもでも安心して飲めるほど、まったく酔わないものにしてありますから。肝心なのは発酵させる際の温度と時間なのです。これは比較的高温の状態で、一晩かけて発酵させてあるので、酒精が生じることもなく……」

「そういった話をしたかったわけではないのだがな」

「えっ。あ、申し訳ありません！」

――ああ、また喋(しゃべ)りすぎてしまった。今日は少しは自重できていたはずだったのに。

そんなことを思いながらちらりと朱心を見てみるけれど、どういうわけか、彼はそれほど呆れてなどいない様子だった。代わりに視線を少し床に伏せた後、気を取り直したように、碗の淵(ふち)を指で撫(な)でながら口を開く。

「お前も知っての通り……明日、戴龍儀(たいりゅうぎ)が行われる」

「はい、陛下」

話題が変わったのを察して、真面目な面持ちで英鈴は返事した。

「儀式が無事に終わったら、陛下はいよいよ、本当に皇帝陛下になられるのですね」

「ふっ。まあ、今までも皇帝だったがな」

碗を卓に置き、事もなげに朱心は言った。けれど明日の儀式がどれほど大きな意味を持っているかは、英鈴自身もよく理解しているつもりだった。

戴龍儀。それは、龍神の名代として旺華国を治めるとされる皇帝にとって、最も重要な儀式といって過言ではないもの。

明日の明け方、朱心はこの臨寧で有数の高台である銀鶴台に登る。そこで日の出に合わせて、龍杯と呼ばれる特殊な杯を、空へ掲げて飲み干すのだ。

龍杯には『転色水』という、この儀式のために作られた特別な飲み物が注がれている。この転色水に、皇帝にのみ使用が許される温泉である『玉泉』の湯を汲んだものを混ぜた時、色が赤へと転じれば、龍神が皇帝を認めた証だとされる。

つまり皇帝としての地位と権威を継承する許しを、正式に得たことになるのだ。

(そうなれば陛下の喪も明けて、本格的にその御世が始まる。白い上衣も、もうお召しにはならないのだろうし)

それにきっと、立后も行われるのだろう。

(つまり、ついに陛下が皇后をお決めになるということ……)

後宮からたった一人、最も貴い女性が選ばれる時がいよいよ訪れるのだ。

そう思うとなんだか緊張して、つい顔が強張ってしまう。

その様子を、朱心が横目で眺めていた。

「毎度のことながら、よくもまあそこまで表情がころころと変わるものだ」

「えっ！　あ、申し訳……」

「責めてはいない」

短く告げた朱心は、姿勢を正した。けれどもそれをこちらが気にする暇もなく、どこか冗談めかしたように、彼は薄く微笑んだ。

「私が危惧するのは今後の我が治世ではなく、より直近の事柄だ。つまり父が生前、愚痴交じりに言っていたのだがな」

「……？　はい」

「なんでも赤色になった転色水は、たいそう酸い味がするそうだ」

朱心の眉間に、深い皺が刻まれる。

どうやら彼は言葉通りに、本当に酸っぱい味が気がかりなようだ。

「ええと……」

（確かに陛下は、ご自分でも仰る通りにとんでもない甘党だけれど）

一瞬、その転色水も飲みやすく変えられはしないかと思ったが、すぐに考えるのをやめた。転色水は薬ではないし、儀式に使われる大事なものだ。

どういう仕組みで色が変わるのかわからないし——いや、そもそも仕組みなんてなくて、すべて龍神様の力で為される奇跡なのだと考えるほうが正しいのだけれど——ともかく、自分が出しゃばるべき場面でないのは確かだ。

だから英鈴は、ちょっとした案を出すだけに留めておいた。

「酸っぱいのでしたら、思い切って一気に飲み干されるのはいかがでしょう？　そして儀式が終わった後すぐに、何か甘いものを口直しに召し上がるとか」

「そうだな」

軽く頷いた朱心の黒髪が、白い上衣をするりと撫でるように流れていく。

「戴龍儀が終わったなら、またこの不苦の良薬を服すとしよう。お前は薬童代理として、すぐに供せるように備えておくがいい」

「はい、陛下！」

拱手して元気よく答え、それから、ふと気づいた。

空いている朱心の手が、自身の腹部をそっと押さえていることに。

（陛下……ああ、それはそうよね）

精神的な緊張による胃痛、そして吐き気。そうしたものを抑えるのが、安央散の薬効だ。

つまり朱心は今、そうしたものと戦っている。怜悧で平然とした表情の下で、重圧に襲いかかられながら、それでも皇帝として君臨しつづける覚悟を持っているのだ。

（暁青様が後宮にいらした時から、ずっとそうだものね）

思い出すのは冬大祭の頃、供もつけずにたった一人で、亡き母君の墓に参る朱心の背中だ。謀略に遭って命を落とし、後宮の片隅に葬られた女性の小さな墓に対面して祈っている彼の背は、普段よりもずっと小さく、そして近寄りがたいものに見えた。

(私の薬が、支えになったら……いいえ。私自身が、もっと支えになれたらいいのに)

それは今の自分にとって、何よりも強い願いとなっている。

だからこそ、今日の酒醸安央散にも、祈りと想いを籠めたのだ。

(どうか儀式が無事に終わって、陛下にとって平和な時代が続きますように)

心の中でもう一度祈り、丁寧に拱手の礼をとってから、英鈴は自室へと戻ったのだった。

＊＊＊

そして翌日。払暁という言葉がまさに当てはまるような清廉とした空気に満ちた、晴れやかな朝のこと。

昇りゆく朝日を正面に受けながら、儀礼用の白い上衣に冕冠を戴いた朱心が、玻璃でできた大きな杯をしっかと持っている。

神話の一幕にすら思えるその光景を、英鈴は夢を見ているような心地で見守っていた。

ここは銀鶴台の頂。重陽の節句での儀式などが行われるこの場所は、文武百官に加えて、英鈴たちのような高位の妃嬪を並べてもまだ余裕があるほど広大だ。

儀式の手順の一切は新しい皇帝本人によって行われなければならないという決まりがあるそうで、今、朱心の周りには誰もいない。

そして群臣と妃たちが離れた場所から見つめる中、日の昇りゆく東に向かって立つ朱心は、名の通り龍の意匠が施された杯に、素焼きの瓶から紫色の水を注ぎ入れていく。

（あれが、転色水？）

見慣れないその液体に、英鈴は目を瞬かせた。

（てっきり透明なのかと思っていたけれど、変わった色の飲み物なのね。あ、でも）

視線を、高台の淵に設えられた小さな祭壇に移す。そこには龍神への供物としての五穀や山海の幸と一緒に、よく見慣れた植物が置かれていた。

蘇葉、つまりは赤みを帯びた紫蘇の葉っぱだ。気を体内に巡らせる効能があるとされ、特に吐き気や胸のつかえを取る薬として古くから使われているものである。

（もしかして、紫色なのはあの蘇葉を絞ったものだから？）

それなら、皇帝がこの儀式で温泉水を混ぜて飲むという理由もわかる気がした。温泉の湯や、その湯を冷やした水には、微量ながら地中の岩や鉄が溶けこんでいる。そしてそれらの成分には、体内の血や水の均衡を調整する作用があるとされていた。

つまり蘇葉と温泉水を合わせれば、気・血・水の巡りを改善する薬ができる。

この儀式には、龍神の許しと加護を得るというだけではなく、皇帝がその薬を飲むことによって、これから始まる新しい世が永く、健やかなものであるのを願うという意味があるのかもしれない。

そんなふうに考えている間に、朱心は一度龍杯を祭壇に置くと、同じく祭壇に置かれた甕に視線を向け、柄杓で中身を掬い出した。柄杓からは、僅かに湯気があがっている。

（あの中に、玉泉が汲み置かれているのね）

つまりあの甕の中身が杯に注がれた瞬間に、転色水は紫から赤へと転じる。

それを飲み干した瞬間、朱心は皇帝となるのだ。

（い、いよいよだわ……！）

思わずごくりと喉を鳴らし、英鈴はじっと朱心の動きを見守った。

呂賢妃をはじめとした他の妃嬪たちや武官・文官たち、宦官たちなど、すべての人の視線が、朱心の背に刺さる。

そして湯が杯に注がれ、その杯を、眩く輝く陽光の中で朱心が天高く掲げた時――

転色水は、青緑色に濁った。

（……え？）

目を疑う英鈴の視界の中で、龍杯を眼前に寄せて見つめる朱心の横顔が見えた。それまでは緊張を帯びていつつも穏やかなものだった彼の表情が、崩れるように変わる。

その眼は見開かれ、信じられないものを目撃したかのように固まっていた。

朱心ですら隠し切れない動揺に、他の者たちが耐えられるはずもない。

「あの色はなんだ!?」

「馬鹿な、なぜあのようなことが！」

「なんと不吉な……！」

儀式の最中とはいえたまらず、群臣たちが悲鳴にも似たどよめきをあげている。

妃嬪たちも同様だ。視線を送ってみれば、呂賢妃もまた、人形のように整ったかんばせに驚きの色を浮かべていた。

そして誰よりも英鈴は、この光景が信じられない。

（どうして!? あんな色になるなんて、龍神様が陛下を認めなかったってこと……？）

まさか、そんなはずがない。朱心はこれまでに一度だって、皇帝としての職務から逃げなかった。いつも旺華国の人々のために努めていた。それこそ、寝食を削ってまで。

（龍神様がそれをご存じないはずはない。陛下が皇帝に相応しくないなんて、絶対にあり得ないのに！）

——おかしい、こんなことがあっていいはずがない。きっと何かが起こっている。

心がそう訴えかけている。けれども今は、それ以上思考が働かなかった。

人々のざわめきがいよいよ大きくなっていく中、驚愕の面持ちを解いた朱心は、ゆっくりと、変色した杯を祭壇に戻す。彼の呟きが、風に乗ってこちらの耳に届いた。

「龍神よ。よもや……この期に及んで余を見捨てるか」

苦く、嚙みしめるようなその響きに、はっと息を吞む。

こちらを向いた朱心の顔は、ほんの一瞬だが、悲痛を堪えるようにひどく歪んでいた。

（陛下、そんな……！）

今すぐに駆け寄って、声をかけたい。けれど、そんな振る舞いは許されていない。

だから英鈴はただ、裙の裾を摑んで堪えるしかなかった——おずおずと歩み寄った神官に進言された朱心が、儀式の中断を告げるまで。

＊＊＊

「菫貴妃様、昼餉(ひるげ)をお持ちしました……って英鈴、まだ頑張っていたの⁉」

「あっ、雪花(せっか)」

宮女であり親友である雪花の声に、英鈴は紙面に向けていた顔をはっと上げた。机の上には、あちこちから引っ張り出してきた古書や事典の類が開かれたまま散乱している。

雪花はびっくりしていたが、やがて心配そうな眼差(まなざ)しをこちらに向けてきた。

「気持ちはわかるけど、無理しちゃ駄目だよ。昨日の朝に帰ってきてから、ずっと調べものをしているでしょ……？」

「ありがとう、心配かけてごめんね」

相手に向き直り、心の内を語る。

「でもなんだか、じっとしていられなくて。薬童代理の仕事もお休みになって、暇ができてしまったし」

改めてそう口にしたために、かえって嫌な胸の痛みが増すように感じた。

戴龍儀が失敗に終わったのは、昨日のこと。

そして失敗の直後から今日に至るまで、後宮では事実と憶測とが入り乱れ、こそこそとした噂話が絶え間なく飛び交っている。

「ねえ、転色水が不気味な色になるなんて今までなかったって聞いたんだけど、本当!?」

外を掃除する宮女たちの声が、英鈴の耳に届く。

「歴代の儀式だと、たとえ違う色でも黄色とか橙色とか、もっと綺麗な色に変わっていたっていうじゃない。陛下はご立派な方のはずなのに、なんで……」

「わからない……やっぱり、徳妃様が空位だったのがいけなかったのかしら」

「でも先々代の皇帝陛下の時は、淑妃様しかいらっしゃらなくても儀式は成功したそうよ」

もう数えるのも嫌になるほど、同じ話を何度も聞いた。

けれど辛いのは、これが事実なこと——つまり転色水が青緑色に濁った例など、旺華国の長い歴史でも、朱心が初めてだということである。

朱心を含めれば七十二代もの皇帝が並ぶこれまでの歴史を紐解いても、戴龍儀の際に転色水が赤ではない色に転じた事例は数えて二十回ある、という。

だが、あのような不吉で不気味な色に転じた例はない。そしてそれは、これまでに朱心を皇帝として認めてきた人々の心を掻き乱すに充分だった。

(後宮でこれだけ動揺が広がっているんだから……禁城ではもっとでしょうね)

しかし広がっていく動揺とは裏腹に、儀式は四日後に再度行われることとなった。古くからの戒律によれば、新皇帝はあと一度だけなら、戴龍儀にて龍神の意思をうかがってもよいのだそうだ。

もし二回目の儀式で見事に転色水が赤く染まれば、新しい世は滞りなく到来する。

——だが、二度目すら失敗してしまったとしたら。

昨晩に読んだばかりの歴史書の恐るべき記述が脳裏を過ぎり、英鈴は眉を曇らせる。

するとちょうどその時、廊下を行く宮女たちの言葉が聞こえてきた。

「もしも次の儀式も失敗したら……ねえ、この後宮はどうなってしまうの?」

「何言っているの、解散に決まっているじゃない。それどころか、陛下のお命だって」

「こら、滅多なことを言わないの」

やや年上と思しき宮女が他の二人の言葉をぴしゃりと遮ると、彼女らははっと黙りこくったようだ。けれどそのうちの一人が我慢できなくなったように、ぽつりと漏らす。

「ひゃ、百二年前に、転色水が黄色くなって廃位になった方は……その後、肌がどんどん黄色くなっていって、ひどく痩せ細って亡くなったと聞きました」

黄色でそれなら、まして毒々しい色に転じさせてしまった陛下は――と怯えた声音で告げたところで、どうやらその宮女は泣きだしてしまったらしい。そそくさと、三人が廊下を去る足音が聞こえた。

そう――二度目の失敗はすなわち、龍神からのはっきりした拒絶を示すとされる。

つまり、廃位だ。龍神に拒絶された場合、もはやその人物が帝位に就くことは永遠に許されない。禅譲が行われた後、元・皇帝は皇族としての身分すら失って、辺境での隠遁を余儀なくされる。

否、それだけならまだましだ。旺華国の歴史上、戴龍儀を二度失敗して廃位となった者は八名。そして全員が何かしらの形で、非業の死を遂げている。

先ほど宮女が話していた例だけでなく、突如として大量に喀血して亡くなったとか、全身の皮膚が爛れ寝台の敷布を赤黒く染めて病死したとか、あるいは前触れもなく激昂し、従僕たちを撫で斬りにした挙句に自刎して果てた――とか。

(そんな方々であっても、転色水があんなに濁った色にはなっていない。……先を考えて不安になるのは、当たり前よね)

英鈴だってそうだ。考えるだけで、手が震えそうになる。

もし朱心が二度目の失敗を遂げれば後宮が解散するだけでなく、形作ってきた政治の体制も、当然のごとく崩されてしまう。朱心が命を懸けて作り上げてきたものが、何もかも消えてしまう。

それだけならまだしも、もしかしたら、彼の生が歴史でも類をみないほどの、恐ろしい結末を迎えてしまうかもしれないのだ。でもそんな未来、認められるはずもない。

(それに陛下が皇帝に相応しくないなんて、絶対にあり得ないもの。だから、あれが龍神様のご意思のわけがない)

英鈴はそう確信していた。たとえ誰がなんと言ったって、朱心のこれまでの姿を見てきた自分のこの気持ちは変わらない。だからこそ——儀式は、龍神の意思によって失敗したわけではない。何か他に原因があったからなのだと、そう思っている。

(それがなんなのかは、まだわからない。けれどもしこのままにして、四日後にも同じ現象が起こってしまったとしたら)

最悪の結果は、なんとしても回避しなくては。考えすぎかもしれないけれど、朱心を疎む何者かのせいで、こんな状況になっている可能性だってあるのだ。

(だからせめて、色があんなふうになった原因くらいは、はっきりさせたいと思ったんだけれど……)

雪花が持ってきてくれた昼餉——白魚と刻んだ冬瓜(とうがん)の入った温かなお粥(かゆ)を口に運びながが

ら、英鈴はふと肩を落とす。

二回目の戴龍儀に向けての調整や、諸々の後始末のために、朱心は多忙になった。ゆえに薬の提供は宦官の燕志に託され、薬童代理としての英鈴はしばし待機を命じられた。

その時間を使えば、転色水の謎も解けるかもしれないと意気込んでいたのだが、今もなお手がかりすら得られていない。

(転色水が蘇葉を使っているというのは、たぶん当たっているし……薬の色が変わるというのも、どこかで似たような話を聞いたことがあるような、ないような)

薬の効能についてならともかく、見た目や色の変化に関しては、旺華国の薬学の世界ではあまり触れられてはこなかった。秘薬苑の書庫をあたってもみたけれど、成果はない。

それにあいにくと、蘇葉自体が手持ちにほとんどない状態だった。紫蘇の収穫時期は夏から秋頃で、当然、雪に閉ざされた今の秘薬苑を探してみたとしても、生えてはいない。

(お父様に連絡して、お店にある在庫を少し回してもらおうかな。色が変わる仕組みを調べるにしても、実物がなければ、これ以上は何もできないもの)

お粥を食べ終わり、ふと一息を吐く。新しい年を迎え、今こうして戴龍儀まで行われるような時期になったけれど、実家のみんなは元気だろうか。

窓の外、嫌みなほどに晴れ渡っている空を眺めながら、そんなふうに考えた時である。

ふと、部屋の扉を見やる。外の廊下をどたどたと、いくつかの足音が近づいてくるのが聞こえたからだ。

（お客様かな？）

でも、そんな予定はなかったような——と、訝しんだのも一瞬。

「拘束しろ！」

突如として扉が開け放たれるや否や、鎧と得物に身を包んだ宦官らが部屋になだれ込んできた。英鈴は両手首を二人がかりで掴まれ、無理やり椅子から引き立たせられる。

（痛っ！）

とても振りほどけるようなものではない。あまりの出来事に雪花たちが身を竦ませる中、英鈴はなんとか声をあげた。

「は、放してください！　どうしていきなり、こんな……！」

「申し訳ありません、董貴妃様」

静かに、穏やかな声が言う。歩み寄ってきたのは、宦官の燕志だ。普段ならば凪いだ湖面のように落ち着いた彼の面持ちは、今日はどこか憂いを帯び、青ざめている。

「燕志さん、どういうことなんですか!?」

そのまま廊下のほうへと引っ張られつつも、必死に燕志に声をかける。雪花をはじめとした宮女たちも悲鳴をあげているけれど、彼女らもまた、踏み入ってきた他の宦官たちに押しとどめられているようだ。

一方で青ざめた顔のまま、燕志は強張った声音で告げた。

「主上がお呼びです。貴妃様のご実家に、とある嫌疑がかかっております」

「じ……」

実家に？　という問いかけは、掠れた音となって間抜けに口を衝いて出るだけだった。実家、つまり董大薬店に、両親と従業員の皆に、なんの嫌疑がかかったというのだろう。

「主上は禁城にてお待ちです」

それだけ言って、燕志はくるりと背を向け、廊下を先導するように進む。

彼を追うようにして、英鈴は歩いた。否、どちらかというと、歩くというより引きずられるというのが正しいだろう。両手首を掴まれたまま、強引に移動させられるこの姿──縄がかかっていないというだけで、まるで引き立てられる罪人だ。

（お父様、お母様、みんな……！）

心臓が、ばくばくと音を立てている。──嫌疑というからには、家のみんなが、何か悪事を働いたとでもいうのだろうか？

（まさか！　きっと何かの間違いよ……）

念じるようにそう思いながら、自分を落ち着けるために深く呼吸をする。それでも、じわじわとした嫌な感覚が消えはしなかった。

そしてそのまま、英鈴は禁城の一室へと連れて来られた。鏡のごとく磨き上げられた、黒い大理石が敷かれた広間である。

「わっ！」

両脇を固めていた宦官たちが突然両手を離したので、何歩かよろけてしまう。

なんとか歩を止めて前を向いた時、玉座の前に立っていたのは、いつものように白い上衣に冕冠（べんかん）をたたえた朱心であった。

その面持ちは、こちらからは陰になっていてよくわからない。

英鈴を引き立ててきた宦官たちは、主に向かって深々と礼をして告げる。

「お連れしました、陛下」

「大儀だった。下がれ」

耳に届くのは、よく響く穏やかな声。まるで何事も起きてなどいないかのように普段通りの、皇帝としての朱心の声音だ。

一礼し、宦官たちが部屋を出る。ほどなくして、一人だけ戻ってきた燕志が片手に吊（つ）るすようにして持っていたのは、それなりの大きさの麻袋だった。

次いで燕志は、袋の中身を取り出すと同時にこちらに近づいてくると、丁寧な所作ながら、眼前にそれを突きつけてきた。彼の手の中にあるのは――

「ひっ……！」

我知らず、悲鳴が歯の隙間から漏れてしまう。

燕志が持っているのは、一振りの短剣だった。木製の柄に鈍色に光る刀身と、どことなく粗末な印象を与えるその剣の先端で――何よりも恐怖を煽ってきたのは、貫かれた状態で死んでいる、一匹の蛇であった。

正確には、何か墨でびっしりと書き込みが施された細長い紙ごと、蛇が剣で貫かれて死んでいる。枯草色の鱗を生やしたその蛇の傷口は、赤黒く変色していた。

「こ、これは一体」

「呪いの一種だ。蠱術、とも呼ばれるな」

震える呟きに、平素と変わらぬ様子で答えたのは朱心である。燕志が剣と蛇とを袋に戻して引き下がると、それに合わせるように、朱心はこちらへ歩み寄りつつ、続けて語る。

「蛇や虫などを捕らえ、怒りと憎しみを記した呪符を添えて、剣で刺し殺す。すると命を絶たれた生物の怨念が、術者の念を増幅させ、恨みを果たすのだという」

蠱術とは、虫や小動物を使って人を呪い、害を与え、命を奪うための術だ。壺の中で蛇や蠍に殺し合いをさせて作る『蠱毒』だの、飢えた猫の首を切り落として呪いに使う術だの、英鈴も耳にした経験は何度かあれど、どれもおとぎ話や与太話ばかりだった。

けれど先ほど眼前にあったのは、紛れもなく、禍々しい呪術の証――

「お、仰っている意味が、わかりかねます」

平伏しつつも、たまらず英鈴は問いかけた。

「あの呪いと、私の実家にどのような関係が……？」

「ふむ。では、単刀直入に言おう」

朱心の声音は、どこまでも温厚な響きだ。けれど、近くにまでやって来たその顔をちらりと見上げてみれば、彼は冷たく、なんの感情もないかのような表情を浮かべている。

（こんな顔の陛下、初めて）

皇帝としての穏やかな顔でも、私人としての怜悧な面持ちでもない。すべての心の動きを押し殺しているような、そんな表情だ。

恐れればいいのか悲しめばいいのか、こちらが決めかねている間に彼は続けた。

「董貴妃。先ほどの蛇や剣は、今朝がた、そなたの実家である董大薬店から見つかったものだ。物置の扉の内側に、打ちつけるように突き刺さっていたらしい。店の者が見つけ、騒ぎが大きくなり……禁城の者の耳に入るところとなった」

「えっ!?」

一気に、血の気が引いていく。自分でもわかるくらいに頭が冷たくなっていく中、さらに信じられない言葉ばかりが投げかけられた。

「そしてこの呪符には、皇帝たる余を呪う言葉ばかりが書き連ねてある。『娘を貴妃に取り立てておきながら、我らに貴人の座を与えず、卑俗の身に留める丁朱心に死を』……『かの者が龍神に選ばれぬように千年の呪いと恨みを』とな」

朱心はそこで一度、口を閉ざした。それから静かに、告げる。

「旺華国皇帝たる余を呪うは、死を以って償うべき重罪。董英鈴、そなたの両親と店の者たちに、その嫌疑がかかっているというわけだ」

「そ、そんな」

(お父様たちが、陛下を呪った？　戴龍儀の失敗は、まさかそのせいだとでも？)

いよいよ、黙ってなんていられない。

恐怖も戸惑いも振り払って、無表情な皇帝に声を発した。

「陛下！　畏れながら、辻褄が合わないかと。両親は、私が貴妃であるとは存じておりません。彼らは今も、私がただの宮女だと思い暮らしておりますから」

「ああ、そのはずであったな」

朱心はその場に佇んだまま、短く頷く。

「確かにそなたの実家の者たちには、そなたが貴妃となったことは伝えておらぬ。余がそう命じたゆえな。しかし」

彼の視線が、冷たくこちらを射る。

「彼らが事実を漏れ聞くことが決してない、とは言い切れぬであろう？」

「そ、それは」

何かの偶然が重なって、英鈴の両親は、自分の娘が皇帝の寵を受けて貴妃になったと知った。それで、それなら自分たちも貴族のように偉くしてもらおうと思っていたのに、一向にその気配がないので、腹を立てて皇帝を呪った、と？

（そんなこと、お父様たちが考えるはずがない！）

「仮に、漏れ聞いたのだとしても！」

さらに決然と、英鈴は言った。

「私の実家の人々は……両親も、そこで働く皆も、真面目に慎ましく暮らしています。皇帝たる陛下を尊敬こそすれ、呪うだなんて、そんな恐ろしい行いは」

「『するはずがない』と。そうだな。確かに、そなたの両親たちもそう申していたそうだ」

既に報告は受けているといった口ぶりで、朱心は語る。

「え……」

――何度目になるだろう。言葉にもならない間抜けな声が、自分の口から漏れるのは。

もはやなんとも応えられずに相手を見上げるばかりの英鈴に対して、朱心は、表情を変えない。

「どのような申し開きをしようと、そなたの家よりこの蠱術の道具が見つかったのは事実。ゆえに調べが終わるまで、そなたの父母と店の者どもは、しかるべき場所に拘禁の身となっている。そして、そなたも同様だ」

（私も……？）

あまりの出来事に、頭がついていかない。それでも朱心は、こう言い放った。

「董英鈴よ。本日この時を以って、そなたを後宮より追放し、薬童代理としての任を解く。今後は、神殿の社より出ることを許さぬ。沙汰があるまで龍神の像の前で、深く身を屈めて赦しを乞うがいい」

耳に届いたのは、割り込む余地すら与えぬ決別の言葉。

（そ、そんな）

理解できない。反論したい。どうかお待ちくださいと、叫んで抵抗したい。

「う……」

なのに漏れるのは、短い嗚咽ばかりだった。

何も言えない。言えるはずもない。自分がここで何を喚きたてたところで、『董大薬店から蠱術の証拠が見つかった』という事実を、今は覆せないのだから。

それに皇帝陛下の命令は、既に下された後なのだから――

（駄目だ、泣くな！）

じわりと滲んできた涙を必死に堪える。けれどどうしても、それは無理だった。

自分の身に起きる出来事なら、まだ耐えられる。皆の前であらぬ疑いをかけられるのも、命を狙われるのも、もう経験した。けれど両親やお店の皆が、まさか皇帝陛下を呪ったなどと、濡れ衣を着せられるだなんて。

瞬きした両目から涙が伝い、頬を流れていく。

そして耳に届いたのは、宦官たちに命じる朱心の声。

「董英鈴を連れていけ。後宮にて荷物を纏めさせ、すぐに神殿へ向かわせよ」

「はっ！」

拱手と共に返答して、宦官たちは先ほどと同じように英鈴の両手首を掴み、立ち上がらせる。視線を上げた時、既に朱心は玉座の前で、こちらに背を向けていた。

彼の表情は、もう見えない。それにすぐさま宦官たちに引き立てられたせいで、もう、朱心の背中すらすぐに見えなくなってしまった。

（どうしよう……！）

どうすれば、みんなを助けられるのだろう。いや、それよりこれからの自分にできることなんて、あるのだろうか。後宮を追放され、神殿に幽閉される自分に。

食い下がることすら許されず、絶望だけが胸を満たしていく。

こうして、実にあっけなく――英鈴は貴妃でも、薬童代理でもなくなった。

そして弱った獲物に対して、後宮に住まう女性たちは、実に鋭利な牙を剝く。

一体、どれだけ噂話が飛び交うのが速いのか。英鈴が後宮に戻ってきた時、既に自室の周りには、近くの部屋に住まう多くの嬪や宮女たちの人だかりができていた。

宦官や女官が廊下を塞き止めているので近くに寄っては来ないものの、彼女らからの好奇の視線と口さがない言葉が、容赦なくこちらの心に突き立てられる。

「見て。董貴妃様の実家の商人たちが、畏れ多くも陛下を呪っていたそうよ」

「戴龍儀の失敗は、そのせいだったのね……」

「やっぱり、平民ごときには過ぎた地位だったのよ。連中はつけあがるから」

「所詮、薬売りなんてその程度なのね！」

反射的に、英鈴は声のしたほうを睨んでいた。何も知らない者たちに両親や近しい人たちを馬鹿にされて、黙って耐えてなんていられない。

涙目ながらに睨まれた嬪や宮女たちは、揃って少し怯えた様子を見せる。けれど自室の前に来たところで、背後に立つ宦官が鋭い声をあげた。

「出立の準備をせよ。付き人として、一名のみ宮女の同行を許す」

言うなり、宦官は部屋へと押しやるようにこちらの背中を押す。今の英鈴はもはや貴妃でも薬童代理でもないとあって、いよいよ容赦がない。

つんのめるようにして英鈴が部屋に入るその時、さっき睨まれた嬪たちが、どことなくほっとした様子でまた嘲笑の面持ちに戻っていたのが、横目で見えた。

(悔しい……！)

けれど、どうしようもない。英鈴は短く息を吐き、それから、改めて部屋を見渡した。

英鈴付きの宮女たちは、みんな目を潤ませ、悲しげにこちらを見つめている。

雪花はというと、真っ赤な顔をしていた。歯を食いしばって、涙を堪えているのだ。

「と、董貴妃様」

雪花はこちらをそう呼んだ。

「誰かを連れて行くのなら、あ、あたしをお選びください。さっき、宮女のみんなで話し合ったんです。せめて最後まで、え、英鈴の、お供を……」

「雪花……」

親友のその言葉に、少しだけ、胸が温かくなる。こんなことになっても、まだこちらを思ってくれている人が、今目の前にいる。そう感じただけで、絶望が薄らいだのだ。

宦官らによる拘束は、部屋に入った段階で解かれている。

英鈴は素早く雪花に駆け寄り、その肩に手を置いた。

「ありがとう、雪花。それなら、お願いするね。荷物は、寒さをしのげるものが少しあれば大丈夫。他のものは、私が用意するから……」

「……うん！」

力強く頷く彼女に、こちらも首肯を返す。

それからの英鈴たちの動きは早かった。言葉通り最低限の荷物――衣類といくつかの書物と薬の道具を纏め、雪花だけを供として、後宮を離れることになる。

――後宮を離れる。実家に帰れと命じられたことは一度あるけれど、明確に追放処分を受けたのは、これが初めてだ。でも――

（せめて、晒し者にだけはされたくない。雪花たちのためにも）

呆然としかけていた頭を奮い立たせ、あえて毅然と顔をあげて、貴妃としての自分の部屋を出る。だが廊下に一歩出た瞬間から、また宦官たちに両脇を固められた。間違っても逃げ出したりしないように、ということなのだろう。

手首を掴む力のなおも変わらぬ強さに、英鈴は顔を顰める。するとその時、背後からよく知った声が聞こえてきた。

「あぁら、ご覧あそばせ呂賢妃様！　罪人の董貴妃様が、不出来な犬のように引き立てられておりましてよ！」

長く英鈴と対立して憚ることのない、呂賢妃付きの宮女・月倫だ。

「あら月倫様、もうあの方は貴妃様ではないのでは？　つい先ほど、その任を解かれたと聞いておりますよ」

「まあ喜星、その通りね。では、あそこにいるのはただの平民の董英鈴ですわね、呂賢妃様！　いかにも商家の出らしい、欲で身を滅ぼした浅ましい末路ですこと！」

言うなり、彼女らはほほほほほと耳障りな高笑いの声をあげた。

（……この場に出てこないわけがないと思っていたけれど……）

どうやら、董貴妃を巡る騒ぎを聞きつけて、急いでここまでやって来たらしい。そして、彼女らにとってみれば宿敵である自分の惨めな姿を、嗤ってやろうという魂胆なのだろう。

そう考えた瞬間、はっとある考えが頭を過ぎる。

(もしかして私の実家を貶めたのは、あの人たちなのでは!?)

これまでどれだけ嫌がらせをしても、英鈴自身への攻撃はほとんど効果をあげず、秘薬苑は警備が固められ、それ以外の様々な工作も、大した成果をあげていない。その状況に痺れを切らして、今度は董大薬店のほうに狙いを定めたのだろうか。

彼女たちが直接やっていないとしても、呂賢妃の実家は、旺華国随一の武人を輩出する名家だ。金子を渡し、汚い仕事をする人間を探すのくらい、わけないのかもしれない。

(だったら……いくらなんでも、絶対に許せない!!)

そんな卑劣極まる真似をしておいて、ああして勝ち誇っているというのなら、今後何があったとしても、決して許せなどしない。

怒りに任せて、英鈴は勢いよく後ろを振り返った。けれど――

(……え?)

視界の端に映った月倫たち、そして彼女らの主たる呂賢妃の表情は、英鈴が想像していたどの顔とも違っていた。

勝ち誇りでも、侮蔑でも、喜びでもない。彼女らは一様に驚き、恐れ、何かに怯えるような面持ちですらいた。無表情な呂賢妃も、こちらを見据える顔が青ざめている。

先ほどの暴言も、まるでそれを吐いて自分たちを奮起させ、自らの立場を周囲に誇示することだけが目的だったのだとでもいうように——彼女らは、どこか戸惑っている。

（一体何が……？）

「前を向け！　董英鈴」

再び宦官が鋭い声をあげ、強引に前方を向かせられたせいで、呂賢妃たちの姿は見えなくなってしまう。——謎ばかりが増えて、息が詰まりそうだ。

黒塗りの小さな馬車に押し込められ、英鈴は雪花と共に街を行く。

見れば、ちょうど西の空に太陽が沈みはじめる頃合いだった。

傍らですすり泣く雪花の声と、馬の足音と、車輪の回る音。そればかりが耳に届く車内で、英鈴は雪花の手を取った。彼女の手の温もりが、そして単調な物音が、徐々に気分を落ち着かせる。

（そう……もう、この馬車は止まらない。私が神殿に幽閉されるのも、お父様やお母様たちが拘禁されているのも、今は覆せない）

けれど、まだ何かできることはあるはずだ。諦めず、考えるのをやめさえしなければ。

平静さを取り戻してきた頭で、英鈴は静かに思考を巡らせた。

（これから行くという神殿は……冬大祭の時に訪れた場所だけれど。私が閉じ込められる

のは、きっともっと狭いところよね）

神殿の境内には、籠りきりで祈りを捧げる修行者のために、神像と最低限の設備だけが整えられた社がいくつもあるという話は、以前に聞いたことがあった。

そしてそうした社が、しばしば信仰のためではなく、政治的に失脚した皇族や貴人を閉じ込めるために使われるという噂話もあったが——自分の場合は、まさにそれだろう。

（まさかそんな目に遭うなんて、思ってもみなかったけれど）

それに陛下だってきっと、こうなるなんて思っていなかっただろう。

そんなふうに考えた時に、ふと頭を過ぎったのは、先ほどの朱心の表情。すべての感情を押し殺したような、冷酷な面持ちだった。

けれど今は、彼のあの態度の理由も理解できる。

——英鈴の実家が自分を呪ったなどと、陛下が本気で考えているはずはない。

（陛下は、中庸を重んじる方。証拠を覆せない以上、こうせざるを得なかっただけ）

そう考えると、さらに心が落ち着いていくように感じた。

決して、朱心に見捨てられたのではない。だったら、絶望する必要はないはず。

（あ……。そういえば）

はたと、先ほどの朱心の言葉を思い出した。

『沙汰があるまで龍神の像の前で、深く身を屈めて赦しを乞うがいい』

字面だけで捉えるなら、罰を逃れたければ龍神に敬虔な祈りを捧げろ、という意味しか考えられない。けれど朱心の言葉として考えると、どことなく違和感があるように、英鈴は思った。

英鈴の知る朱心は、あのような場面で、ただそれだけの内容の文言をわざわざ伝えるような人物ではない。

(陛下はいつも思慮深い方だもの。もしかしたら、何か意味があるのかも)

だとしたらまずは、それを見極めなければ。どんなにか細い希望の光であっても、それが朱心から投げかけられたものなら、見逃して泣いている暇はない。

英鈴が覚悟を決めたその時、ちょうど馬車が停まる。

そして衛兵が開けた扉の向こうに見えたのは、黒と金で彩られた、荘厳な場所——禁城の南に位置する、例の大神殿であった。

「食事は日に二回、宮女に運ばせる。大人しくするように」

言葉と共に、ぴしゃりと扉が閉められた。鍵がかけられる音もしたので、もうここから出ることはできないだろう。

英鈴は、冷たい板張りの床を一歩前へ踏み出た。想像していた通り、ここはかなり狭い。

やはり本来は、修行者用の建物のようである。

神殿の境内の隅にある、小さな社。縦に細長い造りをしており、出入り口は、先ほど閉められた扉のみ。窓はなく、四隅にある灯りだけが、頼りなく部屋全体を照らしていた。

素朴な寝台が備えつけられている他は、机や椅子の類も、暖房のための設備もない。

ただ正面に安置された龍神の巨大な木像が、威圧的な存在感を示している。

「……ここが、私に与えられた居場所というわけね」

確認するように小さく呟くと、傍らの雪花が、ぐすんと鼻を鳴らした。

「こんなのってないよ。英鈴のおうちの人が、陛下を呪うはずないじゃない。龍神様もどうして、英鈴ばかりこんな目に遭わせるの……？」

「雪花、泣かないで。大丈夫だから」

親友に向かってあえて力強く、英鈴は言った。

「私、まだ諦めないって決めたの。陛下はきっと、私や私の家族をお見捨てになったわけじゃないもの。だったら、やれることは何かあるはずよ」

「そ、そうなの？　わかった、ならあたしも諦めない！　なんだって協力するからね」

やや気を取り直した様子で、きりっと眉を吊り上げる雪花に微笑みかけてから、英鈴は改めて龍神像を見上げた。

空に向かって龍神が昇りゆく様を描いたのだと思しきその木像は、流麗なものだった。しかしそれを愛でている場合ではない。ひとまず、像の前に座り込んでみる。

(『深く身を屈めて赦しを乞う』……か)

朱心が伝えてくれた言葉の真意は、まだわからない。けれどまずは、言われた通りにやってみるべきだろう。

自然にそう考え、英鈴は龍神に向かって平伏するように、深く上半身を屈めてみた。

すると――

(あれ……?)

お辞儀をした瞬間、龍神の像の足元に、何かあるように見えた。英鈴は身を屈めた状態のまま、這うようにして近づいてみる。

木像の足元、すなわち台座の一部には、彫刻に紛れて、引き出しの取っ手のようなものがついていた。薄く入っている切れ込みから察するに、引き出しそのものは、四角形の、ちょうど大人一人がぎりぎり入れそうなほどの大きさのようである。

「ねえ、雪花」

何ごとかとこちらを見ていた彼女を、そっと呼ぶ。

「ここ、一緒に引っ張ってくれない？」

「わかった！」

力を籠め、二人がかりで、その引き出しの取っ手部分を引っ張ってみる。

すると台座と同じく木製のそれはすぽんと抜け、後に残るのは、真四角の穴だった。

穴の向こうからは黄昏色の光が差し込み、それに、外気の冷たい風も吹きこんでくる。

「こ、これって」

「出口……!?」

英鈴と雪花は、思わず顔を見合わせた。

この龍神像の台座に開いた穴から、外に抜け出せるようだ。しかも――

「……向こう側の塀にも、穴があるみたい」

台座の穴に首だけ入れて外を見てみれば、境内を進んだ奥、茂みの向こうに、これまた屈めばぎりぎり通れそうな程度の穴が開いているのが見えた。

瞬間、英鈴の胸がどきりと弾む。驚きではなく、深い喜びが満ちていく。

（やっぱり、陛下は……！）

朱心はわかっていたのだ。英鈴の実家に罪はないと、そして何より――英鈴が、ここで諦めるはずがないと。

深く身を屈めろ、というのは脱出の手がかり。

朱心はあの時、脱出する方法を、それとなく伝えてくれていたのだ。

ここから抜け出して、すべてを解き明かせと——背中を押してくれている。

そう思っただけで、胸が温かくなる。この社の寒さなどなんとも思わないくらいに、英鈴の鼓動は高鳴った。

陛下が信じてくれている。だったら、もう何も恐れることはない。

(ここから抜け出したとして、行く宛なら……ある)

ぎゅっと拳を握りながら、英鈴は考えた。

(お父様たちを助けるというだけじゃない。戴龍儀が失敗した理由もなにもかも、全部はっきりさせなくちゃ。きっとそれが、陛下をお助けすることに繋がるから)

決意し、立ち上がった英鈴は雪花のほうを向いた。それから、小声で語りかける。

「お願いがあるの。私は外に出て、何が起きているのかを調べてくる。だから、あなたはここに残って……私が神殿にいるみたいに、見せかける手伝いをしてくれないかしら」

「……！」

雪花の瞳に、はっきりした希望の光が戻る。

「うん！　ずっと英鈴が中で、籠りきりでお祈りをしているっていうふうに見せかければいいんだね」

「ええ、それがいいと思う。もし衛兵たちに何か聞かれたら、そう答えるという程度でいいから。くれぐれも、危ないことはしないでね」

「もちろん！　っていうか、ここに残るあたしよりも、あなたのほうがずっと危ないじゃない。こんなことになっても、諦めないなんて……英鈴は、本当に強くって偉いよ」

言うなり、彼女はぎゅっと抱き締めてきた。こちらもまた、相手の背に両手を回す。

すると雪花は、堪えていた思いを吐き出すように言った。

「英鈴、絶対、絶対に無事に戻ってきてね！　あたし、ここで待っているから。きっと全部うまくいくように、龍神様にお祈りしているからね」

「ありがとう、雪花。私こそ、いつも巻き込んでごめんなさい。必ず無事に戻る。だから、待っていてね」

ひときわ力を籠めて彼女を抱き締めて、それから身を離す。一度互いに頷き合い、英鈴は防寒のための上衣を纏うと、龍神像の台座の前でしゃがみ込んだ。

（陛下も、お父様もお母様も、お店のみんなも、私が助けてみせます。龍神様、どうか見守っていてください！）

強くそう祈り、それから、這うようにして台座の穴を通っていく。少し進むごとに、夕暮れの日が残す光の残滓は強まり、鼻先に触れる空気は冷たさを増していく。

そしてすぐに、英鈴はひょこりと外へ顔を出した。幸い、この近辺に衛兵はいない。それにまさに夕闇が濃くなっていく時間帯とあって、こっそりと行動するにはちょうどよい。

（よし、行こう！）

決意し、息を短く吐いてから。

英鈴は一息に、穴のある塀まで駆けだした。

「はあっ、はあっ、はっ……！」

――そして。英鈴は首尾よく、街へと逃げだすのに成功したのである。

＊＊＊

それから、半刻ほど経った頃。

息を弾ませつつ、英鈴はとある家屋を見上げる。

（着いた……！）

四代前の店主、高祖父が自ら書いたという『董大薬店』の看板。古ぼけてきた瓦。そして、閉ざされた扉。実家の前まで、無事に辿り着けたのだ。

（ちょうど繁華街に人が賑わいはじめる時間だったから、見咎められずに済んでよかった）

息を整えつつ、そっと辺りを窺い――それから、ふうと短く嘆息する。

（とはいってもやっぱり、誰もいないのよね）

当然といえば当然だが、皇帝を呪うという大逆を犯した恐れのある者のいる店ということで、どうやら関係する人々は全員捕縛されてしまったようだ。

中には人の気配もなく、それどころか、扉にはしっかりと鍵がかけられている。

物が壊されたりはしていないようだけれども、これでは、家の中には入れないだろう。

（でも、それはわかっていた！　本命はこっちだもの）

英鈴はそっと敷地内に入り込むと、そのまま家屋を迂回するようにして、庭を進む。

そしてほどなくして目に入ってきたのは、それなりの大きさの物置だった。中は二階建てになっていて、主に薬の備蓄に使われている。

（蠱術の証拠が見つかったのも、きっとこの物置よね。朝に店の人が在庫を取りにきて、それで蛇の死体を見つけて大騒ぎしてしまったんだろうけど）

別に今は、それを確かめるのが目的ではない。物置の入り口に近づくと、その脇に置かれている小さな甕を持ち上げる。

「……あった！」

甕の底に隠されるようにして地面に置かれたそれを拾い上げ、思わず英鈴は小さく呟いた。真鍮で造られた小さな鍵。物置を開けるためのものである。

（いくら非常用でも、こんなところに置いておくのは危ないって、よくお母様がお父様を叱っていたけれど……今日ばかりは、お父様の横着に感謝しなきゃ）

そんなふうに思いつつ、静かに鍵を開け、物置の中に入る。

途端に鼻腔をくすぐる様々な草木の香りに、かえって深い安心感を覚えつつ、英鈴は屋内の灯りをつけ、扉をそっと閉めた。

扉の内側に、禁城で聞いた通り、蛇が打ちつけられていたと思しき赤黒い痕が残っているのに、ちょっと気が滅入る。でも、気にしてはいられない。

「……そのままだといいけど」

ぼそりと独り言ちてから、英鈴は上階へ続く梯子を上る。董大薬店はあまり店に大量の在庫を置かない主義の店なので、物置の二階部分までぎっしりと物がある機会はさほどない。だから予想が正しいなら――

そっと上の階へ頭を覗かせてみれば、思った通り。

そこには小さく低い机と、薬研や秤などのある程度の薬の道具――さらに書庫と筆や紙、小さな寝台などが揃っていた。

（よかった……！　後宮に行った後も、そのままになっていたのね！）

嬉しさと懐かしさで表情を明るくしつつ、英鈴は机上の灯りをつけ、その前に座り込む。

ここは、かつての英鈴の勉強部屋。家にももちろん自室はあったが、そこで堂々と薬師の勉強をしていると、たまに両親に小言を言われることがあったので――邪魔が入らないようにこっそりと私物を物置に持ち込み、過ごせるようにしていたのだ。

ここならば誰にも見つからず、さらに、下の在庫を使えば薬の研究だってできる。

（ここを拠点として、四日後までに何が起きたかを突き止めて、すべて解決してみせる！）

そうと決まれば、じっとしていられない。

「まずは、戴龍儀の謎を明らかにしないとね」

蘇葉が仕舞われている場所を思い出しながら、英鈴は、誰にともなく呟いた。

そして、それからさらに半刻。夜空に月が浮かぶ頃。

「うーん」

机の前で紫色の液体、つまり蘇葉を煮出した液体を眺めつつ、英鈴は唸っていた。

量も色の濃さも、戴龍儀の時に玉杯に入っていたものと記憶を照らし合わせて、できるだけ同じようにしてある。

この液体に温泉の湯を入れると色が変わったというのは、目の前で見たからわかっていた。けれどなぜ色が赤ではなく青緑色に変わったのか、そもそもどうして色が変わるのかという理屈については、はっきりしていない。

(蘇葉だけじゃなくて、何か私の知らないようなものが混ぜられていて……そのせいなのかしら？　だったらもう、打つ手がないような気がするけれど)

試しにただの湯を混ぜてみても、蘇葉の液体は紫色から変わりはしなかった。

(もう、片っ端から色んなものを混ぜてみようかな。手がかりが増えるかもしれない)

とはいえ、残された時間はそう多くない。もっと別の方向からも考えなければ。

(私が忘れていることとか、ないかな？　儀式について陛下から聞いたことで、何か)

必死に記憶を辿り、そして、はたと思い出す。

(そういえば陛下……転色水がとても酸っぱい、って仰ってたっけ)

これは手がかりになるかもしれない。

蘇葉自体は、それほど酸い味がするものではない。ならば、赤くなった転色水が酸っぱい理由は、注がれた玉泉のお湯のほうにあるはずだ。

（うーん。玉泉と同じ源から湧いている温泉は北の泰暝山にもあって……その温泉のお湯は飲むととても酸っぱい味がするんだって、前にどこかで聞いたような）

温泉の湯の中には、酸い味や苦い味がするものがあるという。となると、玉泉の湯自体が酸い味だから、赤い転色水は酸っぱいのだ、というだけの話なのだろうか？

「酸い味がして、赤い、か」

呟き、英鈴はごろりと床の上に寝転んだ。すると、天井の梁から寝台に向かってぶら下がっている、長く大きな飾り布が目に入る。前に母に貰った、紅花染めの綺麗な品だ。

あの真っ赤な色を出すためには烏梅――未熟な梅の果実を燻製して作った薬が必要であり、その烏梅のうちでも特に上質なものを董大薬店が融通してくれたから、ということで、染め物職人がお礼に譲ってくれたものなのだという。

（橙色をした紅花から綺麗な赤色を抜き出して布に染め上げるためには、烏梅の酸い味のする部分が必要で……そういう使い方をする薬を『媒染剤』というんだったかしら）

紅色を引き出す、烏梅。そして、赤色に染まる転色水。思いついたが早いか、英鈴は動いていた。下の階の在庫から烏梅を持ってきて、蘇葉の水の中に入れてみると――

「やっぱり！」

蘇葉の水は、明るい紅色に染まった。思わず目を見張りながら、英鈴は呟く。

「儀式では酸っぱいお湯を入れるから、転色水も赤色に変わる。色の変化は、薬学的な理由があるものだったのね」

それなら、ひょっとして。

英鈴は、今度は「酸っぱい」を除いた様々な味である「辛・苦・甘・鹹（かん）」、すなわち「辛（から）い・苦い・甘い・塩辛い」味がするとされる草木を持ってきて、四つ用意した蘇葉の水に、それぞれ投じてみた。

結果、水は黄色や緑など、様々な色に変化したのだが——青緑色に変色したのは「苦い」味のする草木であった。

（でもこの色は、少し違う。あの儀式の時に見た転色水は、もっと青みが濃かったもの）

同じ「苦い」ものでも品や条件を変え、次々と英鈴は実験を重ねる。

そしてその果てに、ついに——蕨（わらび）やゼンマイのえぐ味を取るのに使う灰汁（あく）を入れた時に、まさに儀式の時とまったく同じ青緑色に転じることを突き止めたのである。

（となると……儀式が失敗した理由はこうなるかしら）

我知らずどきどきと音を立てはじめた自分の胸を押さえつつ、英鈴は思う。

転色水は、玉泉の湯を混ぜた時に赤く変じるものだった。だから、今までの戴龍儀はそれでうまくいっていた。

しかし今回、朱心が混ぜた湯は玉泉のものではなかった——恐らく、灰汁が混ぜられた普通のお湯だったのだろう。だから転色水は赤ではなく、青緑色に変色したのだ。

要するに儀式が失敗したのは、湯が別のものとすり替えられていたからに違いない！

（誰がすり替えたのかはまだ、わからない。でもあの儀式を邪魔できるくらいなんだからきっと、その人は四日後も同じようにすり替えをしてくるはず）

——放ってはおけない。このままでは、朱心が廃位させられてしまう。それどころか、歴代の失敗者たちのように命までも——

最悪の想像を振り払うようにゆっくりと頭を横に振り、それから、またはたと気づく。

（戴龍儀が誰かのせいで失敗したんだとして……じゃあ、蠱術は誰がやったっていうの？　陛下が儀式に失敗したのに合わせて、お父様たちを貶めた人間がいるんだろうけれど）

梯子のところから下を覗き込む。物置の扉には、やはりあの赤黒い痕跡が残っていた。

——あれを、呂賢妃の一派が？　眉を顰め、床に座り直して考えを巡らせる。

（ううん……やっぱり、そうは思えない。今日の月倫たちや呂賢妃様は、ちょっと様子がおかしかった。私が思惑通りにまんまと後宮を追放されたんなら、あの人たちのことだから、もっと嬉しそうにするはずだもの）

なのに彼女らは、どこか戸惑った様子だった。

それは、ひょっとすると彼女ら自身が予想だにしなかった結果が急にやって来たので、喜びを驚きが上回ってしまったからではないだろうか。

(そう、それに……仮に蠱術があの人たちのせいだとしても、蛇をこの時期に用意できるというのは、ちょっと変よね)

今日の昼、燕志に見せられた蛇の死体を思い出す。あの時はそれどころではなかったので思い至らなかったけれども、死体の様子からして、蛇は死んでからまだせいぜい一日、二日しか経っていない。それに、あの枯草色の鱗にも見覚えがあった。

一般にはあまり知られていない事実だが、蛇、というより蛇の抜け殻は「蛇退皮」という名で、薬の材料にされるのだ。以前に英鈴自身、材料採取のために蛇の巣穴を、店の人たちと一緒になって探した経験がある。

(あの蛇は北にある山々にしか住んでいないから、間違いなく、禁城や永景街にはいない。それに今の時季は冬眠しているから、素人が簡単に捕まえられるはずがないし)

まして多忙な両親たちや、後宮の外に出られない呂賢妃の一派が、北の山まで行けるはずもない。蠱術のための蛇を用意したのは——誰かわからないが、蛇の生態をよく知る人物である、ということになる。

つまりその人物は冬眠している蛇を北の山から捕まえてきて、蠱術の呪いを行うその時に、短剣で貫いて殺したのだ。

さらにそれを、わざとこの店の物置に、見つかるように置いていったのだろう。

(誰かが見つけて騒ぎにならないと、お父様たちが捕まらない。そして、私が後宮を追い出されないから)

呂賢妃たちが、蛇に詳しい誰かを雇って蠱術を実行させたという可能性は、もちろん残っている。しかし――

「……」

頭を過ぎったとある予感に、英鈴は、自分でぞっとした。

でも、こう考えることだってできるのだ。

「誰か知らないけれど、真犯人は……戴龍儀のお湯をすり替えて、その後この家で蠱術をすることで、陛下を陥れるだけじゃなく、私を後宮から追い出そうとした、ってこと?」

ただの憶測であってほしい。でも、もしこの考えが当たっているのなら――

朱心にとって、かつてないほどの危機が迫っているのかもしれない。

(それに、なんでだろう)

気温のせいだけではない悪寒を覚え、己の肩を押さえてぶるりと震える。

(なんだか、もっと悪いことが起こりそうな気がする)

なんなのかはわからないけれど、妙にはっきりとした嫌な予感に、英鈴は襲われた。

そして残念ながら――予感が当たっていると知ったのは、まさに、その翌朝であった。

第二章　英鈴、千軍万馬を得ること

永景街の朝市は、今日も賑わっている。近隣の農村から運ばれてきた採れたての野菜や果物、冬でも凍らない河から獲れた魚介類が、通りの店先に並んでいる。それだけでなく、仕事に行く人々をお客として、肉入りの饅頭や粽、焼餅などの軽食も売られているのだ。

嫌な予感に襲われた夜を越え、仮眠から目覚めた英鈴は、まずは腹ごしらえと外に出た。さすがにあの隠れ家で料理はできないし、それに街の様子を見ておきたかったからだ。

戴龍儀の失敗、それに董大薬店の店主たちの捕縛――ひょっとすると後宮の貴妃の追放も、人々の噂にのぼっているかもしれない。

（街の噂話も、案外馬鹿にできないものだし。何か、情報が得られるかも）

知り合いに会わないよう、わざと少し遠い通りにある店で調達してきたキノコと豚肉入りの粽を頬張ってから、英鈴はこそこそと、実家近くの路地裏に身を隠した。

すると思った通り、立ち話をする街の人たちは、戴龍儀の話題で持ち切りだ。

「なあ、聞いたか？　陛下が儀式に失敗なさったって話。しかも酷い色だったたって」

「ああ、知ってる知ってる。新しい皇帝陛下になって、ようやく世の中も落ち着いてきたかと思ったのに、龍神様は何にお怒りなんだろうなぁ……」

「だが考えてみりゃ、去年の夏は妙に雨が少なかっただろう。西のほうじゃ酷い旱魃と流行り病で、みんな苦しんだっていうじゃないか。ひょっとしたらそれも、龍神様のお怒りの顕れだったのかもしれんぞ」

商人と思しき中年の男性は、空を仰ぎつつ不安そうに語った。

英鈴は、その言葉に無言で表情を曇らせる。

彼らには、皇帝たる朱心を貶めるような素振りはまったくない。それどころか、朱心を龍神の名代として心から認めていて――だからこそ儀式の失敗を重く捉えており、龍神の意図をなんとか慮ろうとする苦心が見えていた。

(今はまだ、街のみんなも陛下を信じてくれている。でももし、二回目の戴龍儀も失敗してしまったら……)

その時はきっと、朱心への忠誠心よりも龍神への信仰心が勝るだろう。

つまり戴龍儀に失敗して、それでもなお朱心に皇帝でいてくれと願う人はいない。

そして望まれない皇帝に、居場所などあるはずもない。

(うかうかしていられない)

ふう、と細く息を吐く。

(せめて転色水の秘密だけでも、なんとか陛下にお伝えできないかな。そうすれば、二回目の戴龍儀の時にすり替えが起きないように、警備を固めてもらえるかもしれない)

とはいえ一体どうすれば——と頭を悩ませていると、今度は女性が二人、董大薬店の方へと歩いていく。見知った顔だ。確か、近所に住んでいる母の友人たちである。

気になって、そっと後をつけながら、話を横聞きする。

「……董家の奥さんも、気の毒に。あの人たちが陛下を呪うだなんて、あり得ないよ」

「どこかの商売敵が、戴龍儀につけ込んで濡れ衣でも着せようとしたのかしらね。そんなことをする商人が、この街にいるなんて思いたくないけれど」

——どうやら近所の人々も、実家の人たちの無実を信じてくれているようだ。

そう思うと、心の底からほっとした。だが次に聞こえてきた言葉に、英鈴ははっと耳をそばだてる。

「そういえば、聞いたかい？　後宮の話。なんでも偉いお妃様が、追放されたんだって」

「あら、いいえ知らないわ。どこでそんな話を知りなすったの」

「そりゃあね……」

片方の女性が、ため息を吐いてから続けて語る。

「隣の雨貞街が、今その話で持ち切りなんだもの。あそこに住んでいる呂将軍のところのお嬢様が、昨日の夜中に後宮を追い出されて戻ってきたって」

（え……!?）

思わず声をあげそうになり、慌てて自分の口を塞ぐ。

（追放されたお妃って、てっきり私の話だと思っていたのに）

呂将軍のお嬢様であり、かつ後宮の妃といえば、一人しかいない。呂賢妃だ。

まさか彼女までもが、昨晩のうちに追放処分を受けた、と——？

背に冷や汗が伝うのを感じつつ、女性たちの話に聞き耳を立てる。

「うちの旦那がほら、買い出しで雨貞街まで行くから、それで知ったんだけどね。なんでも、陛下を呪った証拠が後宮のお庭から見つかったんだって。董さんのところに続いて、お妃様のところでもだなんてねえ」

「なんとまあ、信じられないわね。陛下の儀式もどうなるかわからないし、なんだか恐ろしいわ。ああ、そういえばうちの人もね……」

それから彼女たちは、話題をそれぞれの家庭の困りごとに移しながら、通りの向こうへ歩いていってしまった。

それを見届けてから、英鈴はそっと、実家の近くへと歩み寄った。誰かが隣にいたら、顔が真っ青だと指摘されただろう。

（嫌な予感ほど当たるものみたいね）

ぶんぶんと頭を振ってから、できるだけ冷静に考える。

あの女性たちの噂話が正しいなら、呂賢妃までもが、蠱術を行ったせいで追放されてしまったらしい。ただしこちらと違い、彼女の場合は実家ではなく、庭から呪いの道具が見つかったようだけれども――

それはともかく、これはとんでもない話になってきた。

追放された時のあの奇妙な態度を見た時からおかしいとは思っていたけれど、やはり、呂賢妃一派は犯人ではなかったのだ。

それどころか、恐らくは同じ犯人に冤罪（えんざい）をかけられてしまったのだろう。

（……大丈夫かしら、呂賢妃様）

それに月倫（げつりん）たちも、まさかこんな未来が待っているだなんて、思ってもみなかったはずだ――と考えが脇道に逸（そ）れそうになって、気を取り直す。

（呂賢妃様のお家（うち）は、武の名門で……軍の様々な要職に一族の人たちが就いていると、前に聞いたけれど）

脳裏を、かつて暗殺者集団『花神（かしん）』に身柄を拘束された時の光景が過ぎる。あの時は呂賢妃が、借りを返すと言って実家に働きかけてくれた。その結果、呂家の将たちと朱心の力によって自分の命は助かり、花神の構成員たちは次々と捕縛されていったのだ。

（あれだけの力を持った一族が、わざわざ娘を後宮に送っているならば、呂賢妃様が後宮にいるという事実自体が、呂家にとって大きな意味を持っているはず）

その呂賢妃が、皇帝を呪ったなどという不名誉で後宮を追放されてしまえば、それはすなわち、彼女を送り出した呂家そのものの不名誉となる。

（もし呂家の人たちが、この事件がきっかけで職を辞す、なんてことになったら……それは陛下にとって、軍の要となる人たちがいなくなるのと同じ、よね）

頭の中で、はっきりと思い描いてしまう。

朱心の周囲にいる臣下や妃嬪たちが、次々と姿を消していく光景。そして二度目の戴龍儀の失敗をきっかけに、朱心本人が玉座を追われ——恐ろしい最期を遂げる光景を。

（……今回の事件は、全部繋がっている）

恐怖は強い確信となって、英鈴の胸に広がった。

事件の目的はきっと、旺華国を支える主要人物らを次々と排除し、皇帝を廃位させることにある。つまり首謀者は、この国そのものを弱らせようとしているのだ。

（もしこのまま、誰かの思惑通りに陛下が廃位となって、亡くなって……国がめちゃくちひょっとしたら、またかつての戦乱の時代に逆戻りになるかも。否、もっと酷い未来が待っているのかもしれない。

（……いいえ、そうはさせない！）

朱心を、この国を、このまま思い通りになんてさせない。

何があろうと二度目の戴龍儀だけは、必ず成功させなくては。

（そうね、とりあえず今日は……雨貞街に行くのが先決かしら。どうにかして、呂賢妃様の様子を探らなきゃ）

まだ真犯人は明らかにできていないものの、戴龍儀の失敗の原因はわかったし、それに董大薬店の人間にも、呂賢妃たちにも、あの蛇は用意できないという反論材料がある。

呂賢妃も、きっと濡れ衣を着せられて困っているはず。彼女に真実を伝え、身の潔白を証明すると共に、協力を仰ごう。独力では犯人を捕まえられなくても、呂家の力を借りられたなら心強い。きっと朱心を助けることに繋がるはずだ。

「よし！」

我ながらいい考え、などと思ってから、頭の片隅の冷静な部分が問いかけてくる。

（それで、どうやって呂賢妃様に近づくの？）

——それはちっとも思いついてなどいなかった。

あの女性たちの話しぶりから考えて、呂賢妃は今、実家の邸宅で、謹慎処分にでもさせられているらしい。立派な将軍の住む家にどうやって一介の民が、しかも本来は神殿に幽閉されているはずの自分が潜り込めるというんだろう？

（ど、どうしよう）

と、頭を抱えそうになったところで。

英鈴はこちらに近づいてくる人影に気づき、さっと身を翻して物陰に隠れる。

閉店休業中の実家に、誰がなんの用事なのか——？

疑問のままにそっと様子を窺ってみれば、相手は思っていたよりも小柄で、けれどすたすたと、背筋を伸ばして歩いていた。

深緑色の上衣を纏い、長い髪を後ろで一括りにしたその出で立ち、そして凛としつつもどこか可愛らしいかんばせには、はっきりと見覚えがある。

（もしかして……！）

思う間に、その人物は董大薬店の扉の前に立っていた。そして懐から取り出した紙きれを、隙間に挟もうとしている——

「緑風くん？」

「うわぁあっ⁉」

後ろからそっと近づいて声をかけると、緑風は悲鳴をあげて跳び上がる。それから勢いよく振り返り、目を見開いた。

「あっ……お前！　こんなところにいたのか！」

「緑風くんこそ、何をしているの？」

こちらが問いかけると、緑風は辺りをきょろきょろと見回すようにし、それから、敷地内の塀の陰に身を潜めた。喋っているところを誰かに見られたらマズい、ということなのだろう。英鈴もそれに従うと、やがて、彼はふうと息を吐いてから口を開く。

「……お前の身に何が起こったのかは、既に知っている。僕はただ、この手紙をお前の家に置いていこうと思っただけさ。感謝しろよ。あるお方の命令を受けて、窮地にあるお前をわざわざ手助けしに来てやったんだからな」

「あるお方？　それは、ひょっとして」

「名前も出せないほど、この国で最も権威あるお方って意味だ。口にするなよ。常識だろ」

やれやれ、と緑風は肩を竦めてみせる。それを見て、英鈴は「あ」と口を噤んだ。

（そうね……陛下のお立場では、今は堂々と私を支援できない。だから、緑風くんに頼ん

でくださったのかしら）

こちらが黙ったのを確認してから、緑風はさらに続けて語った。

「お前のことだから、とっくに神殿を抜け出しているだろうと、そのお方はお考えでな。恐らく実家の辺りに身を潜めているだろうから、なんとかしてお前の『活動』を手伝ってやってほしいと、僕をお遣わしになったわけだ」

そして、ここに置いておけば必ずいつか英鈴が確認するだろうと思い、伝えたい内容を手紙にしたためて、こうしてやって来たのだと、緑風は言う。

「……そうだったのね」

応えつつ、思わず、自分の胸の真ん中に手をやっていた。

――陛下はやっぱり、信じてくれている。そして、こんな状況でも助けてくれようとしているのだ。改めてそう思うと、なんだかくすぐったくなるくらいに嬉しい。

我知らず微笑みながら、英鈴は緑風に言う。

「ありがとう、緑風くん。へい……いえ、そのお方のお考えの通り、私、今はここの物置に泊まっているの」

「物置？　蛇の死体があったのと同じ場所で、よく眠れたものだな。相変わらず、行動力があるというか無茶というか。まあ、それはともかく」

手にしたままだった紙を折り畳んで懐に仕舞うと、彼は述べた。

「手紙で言う必要もなくなったし、直接話そう。呂賢妃様が後宮から追放されたという話は聞いたか？」

「ええ」

ふわふわした温かな気持ちが、一気に霧散した。強く頷いてから、緑風に応える。

「ついさっき、街の人が噂しているのを聞いた。でもそれって、本当なの？」

「残念ながらな」

僅かに眉を顰めてから、彼はさらに語った。

「昨晩遅く、後宮の呂賢妃様の庭から蠱術の痕跡が見つかった……皇帝陛下を呪う内容の呪符と一緒にな。お前と違って、本人に嫌疑がかかってはいても貴人である呂賢妃様は、調べが終わるまで実家での謹慎処分となり、明け方近くに後宮を出た。もちろん、呂家は大騒ぎだ。呂賢妃様の母君はあまりの出来事に気絶し、高熱にうなされているらしい」

「そ、そんなことが」

とはいえ確かに、娘が皇帝陛下を呪ったなんて理由で後宮を追い出されたら、倒れてしまうのも無理はない。

「で、ここからが本題なんだが」

ぴん、と人差し指で空を指すようにしてから、緑風は言う。

「高熱で倒れた呂家の母君のために、陛下は腕利きの医師を手配された。僕は今日の昼、その医師の補佐の薬師見習いとして、呂家の屋敷に同行する予定なんだが……お前も一緒に来るつもりはあるか？」

「えっ！」

つい前のめりになって、相手に問いかける。

「行ってもいいの、緑風くん？　なら、ぜひお願い！　実はどうしても、呂賢妃様に会ってお話ししないといけないと思っていて」

「案の定だな。だが連れて行けるといっても、僕の手伝いとして、というだけだ。自由に邸内をうろつけるわけじゃないし、呂賢妃様と対面する機会があるとは限らないぞ」

「それでも構わない」

きっぱりと、淀みなく返事する。

「中にさえ入れれば、隙は窺えると思う。昨日のうちに突き止めた内容を、なんとか呂賢妃様にお伝えしたいの。協力してもらえれば、きっと事件を解決できるはずだから」

「突き止めた内容、だって？」

やや意外そうな顔をする緑風に、英鈴は昨晩調べたことを話してきかせた。

戴龍儀の失敗の原因、蟲術に使われた蛇について、そして真犯人の目論見——黙って話を聞いていた緑風は、やがて目を伏せると、額に浮いた冷や汗をそっと拭って言った。

「そうか……まったく、とんでもないことになっていたんだな。それにお前の推理も、あながち的外れじゃなさそうだ」

だが、と彼は視線を上げた。

「龍神様への信仰の篤い者ほど、転色水の色が変わる原理など知りたがらないだろうし、蛇に詳しい者もそういないからな。お前の実家が蛇も扱っているという点だけを捉えて、逆に怪しむ連中もいるかもしれない」

「ええ。でも呂賢妃様に協力してもらえれば、もっとしっかり調査ができて、そういう疑いも晴れるんじゃないかと思って」

「確かに、僕がお前でもそう考えるだろう。最初はな」

腰に手を当てて、緑風はやや曖昧な物言いをする。その意味を量りかねてこちらが少し首を傾げると、彼は嘆息し、それから告げた。

「問題があるんだ。呂賢妃様は恐らく、お前に協力してくださらない。あの方は、罪を認めているからな。『私は蟲術で、皇帝陛下を呪った』と」

「ええっ!?」

つい英鈴は、今日一番の大声を発してしまうのだった。

＊＊＊

永景街の西に位置する雨貞街は、呂家をはじめとした貴人が多く住まう場所である。

商人の熱心な呼び声や、行き交う人々の話し声といった喧騒とは、ここは無縁だ。

静謐かつ瀟洒な大邸宅が並ぶその様は、一種の威圧感すら周囲に与えていた。

緑風の手伝いとして同乗した馬車の窓の外を眺めながら、英鈴は思わず、ごくりと喉を鳴らす。

「お嬢さん、そう緊張しなさるな」

と、温かな声をかけてきたのは、向かいの席に座る老医師である。

「確かに呂家は素晴らしい名家だし、今は大変な状況でいらっしゃるようだ。だが、わしらはあくまでも医師と薬師。ただ患者のために、できることをすればいい」

「あ、ありがとうございます」

彼の方に向き直り、礼を述べる。

「少し、気負いすぎていたようです。仰る通りだと思います……」

そう――自分が緊張していたのは、老医師が思っているような理由ではない。けれど彼の言葉は、的を射ていると英鈴は思った。

隣の緑風が、わざとらしく咳払い（せきばらい）をしている。

英鈴はひとまず正面を向いて、静かにこれからについて考えることにした。

緑風の言葉によれば――呂賢妃は、自分が蠱術を行ったのだと『罪』を認めているという。だからこそ、側近である月倫たちがいくら無実を訴えても追放処分は覆らなかったし、呂家の将たちは皆が連帯責任として辞職を申し出て、皇帝に慰留されるという事態になったのだそうだ。

（でも、呂賢妃様が陛下を呪うなんて、本当だとは思えない）

確かに彼女から朱心に対する敬慕の情を感じたことはなく、後宮が彼女にとって居心地のよい場所だとも、到底思えない。かつての後宮の諍い（いさかい）で呂賢妃は姉君を喪（うしな）ったと聞くし、さらに黄徳妃（こうとくひ）との争いの中で、大切な飼い猫を殺されているのだ。

けれどだからといって、彼女は皇帝を進んで呪ったりはしないだろう。それにやはり、この時季に蛇を捕まえられる技量を、呂賢妃本人や彼女の一派の人々が持っているようには考えられない。

（だとすると、もしかしたら呂賢妃様は誰かに脅されて、してもいない罪を認めているのかも。それか、やむにやまれぬ事情があるとか）

ならばこの機に、是が非でも真実を探り当てなければ。

例えば陛下本人や、呂家の人々に話しづらい理由があるのだとしても、自分になら打ち明けやすいかもしれない。――まあ、彼女からは直々に何度か「嫌い」と言われているので、その可能性は実に低いのだが。

（そんなふうに考えていたら、つい肩に力が入ってしまったけれど……でも、先生の仰る通り。まずは病に伏せられている呂賢妃様の母君をお助けして、それからよね）

そこに苦しんでいる人がいるなら、進んで救うのが自分の在り方だ。

確認するように己の胸をそっと撫でてから、英鈴は、また窓へと視線を向ける。

やがて通りの向こうに、ひときわ立派な屋根が見えてきた。どうやらあれが、件の呂家のようである。

「……ありがとうございます、先生。だいぶ頭痛が和らぎましたわ」

呂賢妃の母は、心労と熱のせいかやつれた印象ではあるものの、とても落ち着いた気品のある女性だった。

呂家に到着した英鈴たちは、そのまま寝所にいる夫人と対面した。

朱心から遣わされたというだけあって老医師の手腕は見事なもので、彼はてきぱきと患者の脈をとり、適切な鍼灸を施した。

そして今、呂賢妃の母君は寝台で半身を起こした状態で、こちらを見やる。

「あなたたちは、先生のお手伝いの方々ね。わざわざご足労いただき、痛み入ります」

「いいえ。勿体ないお言葉です、奥方様」

緑風が、丁寧に頭を垂れる。英鈴も隣でそれに倣うと、夫人は小さく微笑んだ。

それからはたと表情を変え、傍らに控えている侍女に声をかける。

「ところで、陽莉は……娘は、どうしているのです？」

「はい、奥様。お嬢様は今も、お一人でおいでです。その……私どもも何度かお声がけしているのですが、お傍に参るとお怒りになられるので」

どうやら呂賢妃は、侍女も近づけずに一人で、じっとしている状況のようだ。

「そうですか」

夫人の眉間に、細かな皺が寄る。疲れ切っている、そう言いたげな面持ちだった。

「わかりました。今は、そっとしておいてあげましょう……」

「失礼ながら、奥方様」

問いかけたのは、老医師である。

「お嬢様のご容態はいかがなのでしょうか？　陛下から伺ったところでは、なんでも奥方様と同様に倒れられたとか」

――呂賢妃も倒れていた。初耳の情報に英鈴は、そして緑風も、はっと意識を傾ける。

するとと夫人は、小さく頷いた。

「明け方頃にあの子が戻ってきた時、私はあまりの出来事に、不覚にも気を失ってしまったのですが……それを見て、娘も驚いたのでしょう。侍女たちによれば、とても立ってはいられないほどに苦しんでいたそうで、今は東の離れで休ませているのです」

（東の離れ……）

そっと、視線だけを動かす。確かに窓の向こうに、それらしい建物があるのが見えた。

呂賢妃は、あそこにいるようだ。

「よろしければ、お嬢様もわしが診察いたしましょうか？」

「いいえ……ご厚意は、たいへんありがたいのですが。今は落ち着いた様子ですし、それにもう、別の方に診ていただいたようですので」

相手の言葉に、老医師は了解したと深く首肯する。医師として、患者の意向を重んじているのだろう。次いで彼は、夫人と緑風に対して告げた。

「では、薬を処方いたしましょう。診たところ、心労に加えて風寒の邪が侵入したがゆえに、気・血・水の均衡が崩れておるようです。緑風くん、ここは『桂芍湯』の処方を以ってあたるべきと考えるが、どうかね」

「仰る通りかと、先生」

緑風は、真面目な面持ちで答えて語った。

「桂枝で風寒の邪を取り除き、芍薬で以って血の巡りを改善するのですね。悪寒がある度に服用していただければ、徐々に病は癒えましょう」

無言のままながら、英鈴も心の中で緑風に同意した。

医師の診断によれば、夫人は今、身体に入ってきた邪（病のもと）を抑えるために気が体表に集中し、それが高熱となって表れている。そして気が体表にあるために、身体の内側が冷え、悪寒が出ているのだ。桂芍湯は、邪を取り除きつつ血を巡らせることで、体表の気の状態を元に戻す作用がある薬なのである。

一方で、夫人に向かって緑風は問いかける。

「私はこの助手の者と共に、薬の準備をしてまいります。奥方様、よろしければ、厨をお借りしてもよろしいでしょうか」

「ええ、もちろん。厨は廊下に出て、左のところにあります。ご自由にお使いになって」

許可を得て、緑風は拱手してから、荷物を持って踵を返す。英鈴も同じく礼をしてその場を去り――廊下に来たところで、そっと彼に声をかけた。

「緑風くん」

「ああ、呂賢妃様の居場所はわかったな。それに、説明するまでもないだろうが」

顔は正面に向け、厨があるという方向に歩きつつ、緑風は言う。

「桂芍湯は五種の草木を、とろ火でじっくり煮詰めて作る薬だ。提供できるようにするまでには、それなりに時間がかかる。するべきことはわかっているんだろ?」

「ええ」

力強く応える。

「東の離れに行って、呂賢妃様とお話ししてくる」

「しくじるなよ。これ以上の手助けはできないからな」

「もう、これだけでも充分よ」

そう言ってから、英鈴は緑風に微笑んだ。

「本当にありがとう、緑風くん。今度、必ずお礼をするから」

「フン。礼というなら、こんな醜聞、さっさと晴らしてみせるんだな。専属薬師の座は、お前から実力で奪うのでなきゃ意味がない」

冷たい眼差(まなざ)しでそう告げると、彼はすたすたと廊下を歩いていってしまった。

英鈴は歩を止めてその背を見守るように眺め、それから——

(よし、侍女の人たちもいない。行くなら今みたい!)

呂賢妃がいるという建物へと、向かうのであった。

＊＊＊

東の離れは、思っていたよりも、ずっと大きな屋敷(やしき)だった。

もちろん先ほどまでいた本邸よりは小さいものの、一人で滞在するには——というより、追放されて幽閉される場所としては圧倒的に広い。

(でも、全然人がいないみたい)

先ほどの侍女の言葉通り、呂賢妃が人払いをしているのだろうか。

てっきり月倫たちは後宮から主に付き従って、ここまで来ているだろうと思っていたけれど、そういうことでもないらしい。

となると、いきなり突撃するのはちょっと気遣いがないようにも感じるのだが。

(うーん、考えていても仕方ない。状況が状況だもの、ここは行くしか!)

覚悟を決め、英鈴は小声で、そっと中に呼びかけた。

「あの……呂賢妃様。董英鈴です。入ってもよろしいでしょうか」

返事はない。

「い、いきなり申し訳ありません。でもどうしても、会ってお話がしたいんです」

やはり、返事はない。

「……」

無視か、寝ているのか、それとも体調が悪くて臥せっているのだろうか？

いずれにせよ、躊躇っている暇はないのだ。英鈴は思い切って、扉に手をかけてみた。

（開く……！　鍵がかかっていない）

軽く驚きつつも、隙間からそっと身を滑り込ませた。

扉の向こうはどうやら客間らしく、広々としている。けれど、昼なのにひどく薄暗い。

窓を閉めきり、灯りすらつけていないからだ。

その暗い部屋の壁際――長椅子の上に座り込み、蹲る影が一つ。

どこまでも華奢な身体は紺色の夜着に包まれ、細い手足が裾から覗いている。俯いているので表情はわからないが、英鈴は、それが誰かよく知っていた。

「呂賢妃様！」

部屋に立ち入り、今度ははっきりと声をかける。すると蹲っていた影は、びくりと肩を震わせて顔をあげた。その人物は、やはり、呂賢妃だった。

「あなたは……！」

恐らく、先ほどの呼びかけは聞こえていなかったのだろう。思いも寄らぬ来客に、さすがの呂賢妃もかつてないほどに目を見開き、ぽかんとしている。

「どうやって、ここに。幽閉されているはずでは」

「突然の訪問となり、申し訳ありません。けれど蠱術の件にどうしても納得がいかなくて、あなたと直接お話をするために、ここに来たんです」

小細工や腹芸などなしで堂々と、英鈴は自分の目的を正直に明かした。

「陛下の戴龍儀の件と、今回の蠱術の事件は、同じ人物が引き起こしたのかもしれません。私やあなただけでなく、陛下を廃位させ、この国そのものを貶めるために」

こちらの言葉を聞きながら、呂賢妃の顔が、普段のものに戻る。

無表情で、不機嫌そうで、退屈そうな面持ちだ。だが、英鈴は構わずに続ける。

「でも私は戴龍儀の失敗の原因も、蠱術は冤罪だと主張する材料も、揃えることができました。あとはあなたにご協力いただければ、きっと二人とも身の潔白を証明できます」

「……」

「呂賢妃様、陛下やこの国を守るためにも、ここを出てご協力いただけませんか？」

口を閉ざし、相手の返答を待つ。けれども呂賢妃は、ぴくりとも表情を変えなかった。

まるでそこに置かれた精緻な人形のように、ぴったりと唇を閉じ、何も言わない。

「あ、あの」

たまらずにこちらから言葉を発すると、彼女はおもむろに言い放つ。

いつものように葉擦れのように小さな、しかし鋭い声音で。

「嫌」

「えっ」

「嫌よ。そんなことをして、なんの意味があるの」

眉を顰め、いかにも不愉快そうに、彼女は語った。戸惑いつつも、英鈴は答える。

「呂賢妃様にとっても、この国の平和は大切なもののはずです。それに、陛下を狙う者からいいように濡れ衣を着せられたままなんて、許せないじゃないですか！」

「濡れ衣なんかじゃない」

ふい、と顔を背けつつ、呂賢妃は静かに主張する。

「私は確かに、蠱術で陛下を呪った。あの人の儀式が二度目も失敗するように、蛇を殺して呪いをかけた。だから罰を受けるのは当然。わかったなら、帰って」

「……！」

どうやら──緑風が語っていた通りに、呂賢妃本人は『罪』を認めているようだ。

「呂賢妃様、それは本当ですか!?」

思わず語気を強めて、英鈴は尋ねた。

「本当に、あなたが蠱術を行ったんですか？　冬眠中の蛇を手に入れて、わざわざ後宮の中まで持って来させ、それで殺したと？」

「ええ。そうよ」

「まさか！　誰に、どう頼んだんですか。あなたは、あの蛇がどこに棲息しているのかだってご存じないはずです」

じろり、と彼女はこちらを睨みつける。

「私が知らなくても、月倫たちなら知っていたから」

「その月倫殿たちは、あなたが無実だと訴えたと聞きましたよ」

緑風からの情報をそのまま伝えると、またもや、呂賢妃は黙りこくってしまう。

顔を横に向けたまま、また無反応になってしまった彼女に対して、英鈴はさらに近づき、静かに膝を折ってから述べた。

「呂賢妃様、お願いします。ご協力いただけないのだとしても、せめて、あなたの身に起こっていることだけでも教えてはいただけませんか。もし誰かに脅されているなら……」

「陰謀論が好きなのね。私は誰にも脅されてなんていない」

「だったら、なおのこと！　なぜ罪を被ろうとなさっているのか、教えてください」

立ち上がりざま、心からの訴えを彼女にぶつけた。

対して、呂賢妃はまた少しだけ目を見開いたものの――

「嫌。絶対に」

返ってきたのは、強い拒絶である。

「呂賢妃様……」

こうなってしまっては、もう何も言えない。呂賢妃の態度は前からこうだ、と言われてしまえばそうだけれど――もう少し歩み寄るというか、理解し合うことはできないのか。

(この人の心は、いつも凍りついているみたい)

そんなふうに思いつつ、英鈴が次の言葉を探していた時である。

ばん、と扉が開かれた音が背後から聞こえた。

「あっ……!?」

――まずい、誰か来た！

思うが早いか、反射的に、ひとまず英鈴はその場にしゃがみ込んだ。もちろんそれで隠れられるわけではないのだが、まずは不法侵入を謝るべきかと思ったからだ。

けれど無遠慮に開いた扉からずんずんと部屋の中へ入ってきた背の高い男性は、こちらの存在を歯牙にもかけない。

ただまっすぐに、長椅子に座る呂賢妃へと歩み寄っていく。

そして、対する彼女はというと――

（あ……！）

ちらりと顔をあげた英鈴は、驚愕(きょうがく)した。呂賢妃が、これ以上ないほどに怯(おび)えた面持ちだったからだ。目にうっすらと涙を滲(にじ)ませ、己の腹部に手を添えて震えている。

「ろ、炉灰(ろかい)兄様」

相手を、呂賢妃はそう呼んだ。するとその男性・炉灰は歩を止め、小さく息を吐く。

「陽莉。まだ、こんなところに引き籠っているのか」

低く鋭い声音と、淡々とした語り口。視線を送ってみれば、炉灰は、研ぎ澄まされた刃を思わせる美丈夫だった。

年の頃は、恐らく、こちらより十は上だろうか。氷のごとく冷たい光を宿した瞳と、通った鼻筋が印象的なその顔立ちは、呂賢妃との確かな血の繋(つな)がりを感じさせるほど、作り物のように整っていた。無表情なところも、妹とそっくりだ。

焦げ茶色の髪を後ろで纏め上げ、軽装ながら鎧を纏い、腰には剣を佩いている。いかにも隙のない武官、といった佇まいである。そしてどうやら、英鈴のことは侍女の一人だと思っているらしい。

炉灰はこちらを完全に無視してさらに一歩、妹へと近づくと、続けて語った。

「畏れ多くも陛下を呪い、そのご厚情にかまけて命を永らえ……母上に無用な心労までかけるとは。少しは己を省みないのか？」

まったく遠慮のない、まさにざくざくと相手を切り刻むような、鋭い言葉だ。

一方で呂賢妃はというと、あたかも一人だけ寒空の下に放り出されたかのように震えている。——ひどく顔色が悪い。心配になってしまうほどに。

「兄様。わ、私は」

「申し開きがあるなら、言ってみるがいい」

炉灰はまっすぐに妹を見据え、表情をぴくりとも動かさずに、述べ立てる。

「お前の側に一つでも、道理があるというのなら。知っているだろう、陽莉。『呂家たる者、皇帝に仕える一振りの武具たるべし。役目を全うできぬなら死あるのみ』」

すらすらと、毎朝唱える祈りの文句のように、彼は言ってのけた。

「それが我々一族の掟だ。父上のみならず、兄上たちや叔父上の顔にも泥を塗ったお前が、すべきことはわかっているだろうな」

「そ、それは」

「無為に時を浪費し、しかも務めを果たせない者は、死あるのみだ」

どこまでも突き放すように、炉灰はそう告げる。それから己の上衣の内側をまさぐると、妹に向かって何かを投げつけた。

がしゃん、と重たげな音を立てて床に転がったそれを、英鈴も目で追う。

そして、思わず声をあげそうになった。

炉灰が取り出し、妹に投げて寄越したのは一振りの短剣——壮麗な装飾の施された鞘に納まってはいるものの、紛れもなく凶器である。

(な、なんのつもり?)

あまりの展開に、こちらも戸惑うばかりだ。かたや、呂賢妃は両手で下腹部を押さえ込むようにしながら、視線を短剣に集中させている。そんな彼女に、兄は告げた。

「改心する気がないのなら、それを使え。自害するがいい」

きっぱりと、信じられないような冷酷な言葉を、炉灰は吐いた。

「っ……！」

ひゅっ、という、高く細い音が聞こえた。呂賢妃が息を呑んだのだ。

（いくらなんでも、自分の妹に向かってなんてことを!!）

後先も考えずに、こみ上げてきた怒りに任せて、その場に立ち上がった。

「お待ちくださ……！」

しかし、抗議を告げるより先に——

「う、ぐぅっ、あぁあっ！」

呂賢妃があげた悲鳴が、部屋に響く。彼女は自分の腹部を押さえたまま、椅子から床へと転げ落ちた。

まるで、全力疾走した直後のように、その細い肩が揺れている。次に苦しそうに胸に手をやると、激しく息をつきはじめる。

「し、しっかりして!!」

英鈴は彼女の隣に急いだ。とはいえ、何ができるでもない。ひとまず彼女を落ち着かせようと、その背を必死に撫(な)でる。けれど呂賢妃はというと、混乱するかのように目を白黒させながら、顔を真っ赤にして震えている。

炉灰は、苦しむ妹を見ても表情を変えない。

ただじっと観察するような眼差(まなざ)しを向け、それから、ぽつりと言った。

「また発作が出たか」

それから呂賢妃の懐の辺りを指し、告げた。

「薬を賜っていたはずだ。飲め」

(『賜って』?)

だが英鈴が反応するよりも早く、つんのめるように身を折り曲げたまま、呂賢妃は兄の言葉に従った。彼女は震える手でゆっくりと、自分の衣をまさぐる。

やがて取り出したのは、薬包紙でできた袋だった。

(薬?　一体どんな……)

ついこちらが目を見張っていると、次いで、呂賢妃は袋から手のひらへと、小さな白い結晶のようなものをいくつか転がす。

あれが薬なのだろうか、そう英鈴が考えていると、なんと呂賢妃はそのうちの一粒を、水もないのに口の中に放り込んだ。

さらにそのまま、何かに耐えるように唇を閉ざし、鼻で息をしている。

(口に直接入れて、飲み込んでもいない?　どういう処方なの……?)

こんな方法で飲む薬、見たことも聞いたこともない。

驚きながらも見守っていると、徐々にではあるが、呂賢妃の顔の赤みが消え、呼吸がゆっくりしていく。

そして——百数えないうちに、彼女の容態はすっかり落ち着いたのだった。

呂賢妃が無事でよかった。

（す、すごい効き目……）

どんな作用機序なのか気になるばかりだけれど、ともかく、呂賢妃が無事でよかった。

「大丈夫ですか、呂賢妃様」

英鈴はそっと問いかけた。しかし呂賢妃は、何を応えるでもなく、正面に向けて顔を顰めている。あの兄上に憤っているのだろうか、と思ってこちらも視線を向けるのだが――

炉灰は、既に姿を消していた。

たぶん、呂賢妃が薬を口に入れた段階で、もう部屋を去っていたのだろう。

（あの炉灰殿という方の態度は、あまりにもひどいけど……薬の効能は、本当に素晴らしいものだったみたい。あれだけの時間で、呂賢妃様の発作が治まるだなんて）

よほど効果の激しい、つまり薬としては『下品』のものだと考えられるが、それでも彼女を救ったのは確かだ。それに今は、呂賢妃を看護するのが先決である。

「落ち着かれて何よりです。どこか、身体に痛みなどは……」

「……帰って」

「え？」

ついこちらが聞き返すと、呂賢妃は、いよいよ普段の彼女らしくない声をあげて言った。

「帰って！　ここから出て行って、私を一人にして！」

　利那、彼女は手の中で薬を袋ごとくしゃりと握りつぶし、こちらに向かって投げつけてきた。砂利をぶつけられたような痛みが、顔面に走る。

「痛っ」

「帰ってよ!!」

　彼女の手が、近場にあった燭台へと伸びる。

（さ、さすがにあれを投げつけられたら……！）

　自分が怪我をするという以前に、あれだけの症状が出た直後にそんな乱暴な動きをしては、また呂賢妃の容態が悪化してしまうかもしれない。

「わ、わかりました！　今日のところは失礼いたします」

　こうなっては、さすがに交渉の余地もない。

　英鈴は拱手し、それから、逃げるように離れを退出した。

　そして渡り廊下を通り、元の部屋に戻ろうとして、気づいたのだ――

　炉灰が投げつけた短剣を、床に転がしたままにしていたこと。

　さらに自分の衣の裾の中に、さっき投げつけられた薬の白く小さな結晶と、くしゃくしゃになった薬包紙とが、入り込んでいたことに。

＊＊＊

時は流れ、夜。

呂家の邸宅を退出し、老医師と別れた後、英鈴は緑風と共に実家の物置へと戻ってきた。今日の出来事を緑風に話しておきたかったし、それに、何よりも謎の薬の正体を明かしたかったからである。

今、床に座り込んだ彼は、英鈴が渡した薬包紙の袋をしげしげと眺めて唸っている。

その間にこちらは机に向かい、白く小さな結晶を、まずは平皿に載せて砕いてみた。軽く圧迫すると、薬は抵抗もなく細かく割れてしまう。さらによくよく見てみると、白い粒の中に、細かな茶色い粉末のようなものが混ざっているのがわかった。

（この独特な、つんと鼻を突くような香りは……樟脳？　いえ、もっと甘い香りもするから、これは……）

「……ふうん」

「どうやら、いわゆる新薬のようだな」

こちらに視線を向け、緑風は言った。

「袋にうっすら、文字が書かれていた。この薬の名は『舌下仙薬』というそうだ」

「舌下仙薬？　やっぱり、聞き覚えのない名前ね」

「僕も知らない」

こくりと頷き、再び袋を見つめて、彼は続ける。

「とはいえ、効能や服用法は推理できる。さっきのお前の話じゃ、呂賢妃様は激しく呼吸をした後、苦しそうに腹や胸を押さえていたんだったな。そしてこの薬を口に含んだすぐ後に、その症状が和らいだと」

「ええ。水もなく、しかもあんなに早く効果が現れるなんて、本当に驚いたけれど」

「それはきっと、この薬の特殊性が原因だろう」

緑風はこちらに薬包紙を手渡しながら、さらに語った。

「呂賢妃様が服用した時の様子と、薬の名前から考えて、この薬は舌の下に直接置いて、唾液で溶かすことで効果を発揮するものなんだと思う」

「舌の下……？　あっ、もしかして」

英鈴ははたと気づく。

「太い血管があって、薬の効果が巡りやすいから？」

「さすがに知っていたようだな。まあ、この程度は当然だが」

我が意を得たりとばかりに、緑風はふふんと鼻を鳴らす。

一方で英鈴はというと、ようやく、状況が理解できてきたように思った。

そもそも口の中、鼻の穴、耳や肛門などには粘膜と呼ばれる、肌とは異なる潤った部位がある。この粘膜は唾液や鼻水などを出すという形で体内の水の調節に役立っていて、かつ血が多く巡っている、まさに身体の内側と外側を繋ぐ役割を果たす箇所なのだ。

そして舌の下には、誰でも鏡の前で口を開けてベロを上げれば目視できるほどに、太くしっかりとした血管が走っている。したがって舌の下の熱がどれほどかを調べればその人の体温もわかるし、薬効成分はここの粘膜から吸収されると、素早く体内を巡ることになるのだ。

つまり舌下仙薬の効能が発揮されるのがあれだけ速かったのは、薬そのものが砕けやすく溶けやすいのに加えて、服用する場所がまさに舌下だったからなのだろう。

(舌の下に置くだけなら、水も要らないしすぐに飲める。こんな服用法、思いつきもしなかった)

これを考えた人は、どれだけ薬への知識が深いんだろう。英鈴は、素直な感嘆の気持ちを覚えた。かたや緑風は、どこかふてくされたような顔になって口を開く。

「僕もお前も知らないような薬の名に、服用法か。きっとこの薬は不苦の良薬として、どこかの薬師が考えだしたものなんだろう。陛下がこの概念を国中の薬師たちに広めはじめてから、もうしばらく経(た)つしな」

「あ……」

そうか、と英鈴は、受け取った袋を見つめた。

自分が考え出した概念――かつては曖昧な夢でしかなかったのに、会ったこともない人の手で、こうして新しいものが作り出されている。嬉(うれ)しいけれど、この薬の効能を目の当たりにした後だと、少しだけ恐ろしくもあった。

「ま、それはさておき」

雰囲気を切り替えるように、緑風は言う。

「呂賢妃様の病状と、薬の効果から考えて、この薬は強心剤というやつだろう。心臓の動きがおかしくなった時に、一時的に心臓の血流を増やして、一気に拍動を元に戻す薬だ」

「……そうよね。私もそう思う。呂賢妃様は胸を押さえておいでだったし、呼吸が荒くなるのも、心臓に発作が起きた時によくみられる症状だから」

先ほどの平皿を手に取って、緑風のほうへ差し出しながら応える。

「だけど、ねえ、あなたもこの匂いを確かめてみて。最初は樟脳かと思ったけれど、この香り、もっと深くて甘いと思わない？」

「……。確かに。となると、舌下仙薬に使われているのは」

「龍脳と川芎。だからやっぱり、強心剤なんだろうけれど」

語尾が濁るのは、不可解な点があるからだ。緑風も同じように、首を傾げている。

龍脳というのは、南方の島々に自生する大木の樹脂を結晶化させたもののことだ。虫よけになるとも言われる独特の芳香と、強い強心作用を持つとされている。

似た物質として樟脳が知られているが、樟から採取される樟脳に比べて、龍脳のほうが遠方の国々から運ばれてくるぶん、圧倒的に高価であり、希少な品だ。

これを調合した薬師は、一体どうやって龍脳を入手したんだろう。

（そして川芎は旺華国原産で、一般的な薬店でも扱われる草木だけれど。血の巡りを改善する、強く甘い香りのする生薬で……でも龍脳と組み合わせて使う処方は、たぶん呂賢妃様の体質には合っていない）

不可解な点のもう一つは、ここだった。

龍脳と川芎を組み合わせれば、強力な強心剤を作りだせる。しかしその薬が適合するのは、太りすぎで血管が細くなってしまっていたり、甘いものや脂っこいものを食べすぎて体調を慢性的に崩してしまったりしているような患者とされているのだ。

（薬は、相手の体質に合ったものでなければ意味がないどころか、毒になってしまう。どちらかといえば痩せぎみの呂賢妃様には、きっとこの薬は合っていない）

なのになぜ、呂賢妃にこの薬が処方されたのか。

そもそも、呂賢妃はどこで舌下仙薬を手に入れたのだろうか。

頭を悩ませたところで、はたと思い出す。炉灰はあの時、この薬を「賜っていた」と言っていた。高位の武官である彼がそのような言葉を使う相手といえば、一人しかいない。

「呂賢妃様はきっと、この薬を陛下から賜ったのね。そんなようなことを、呂賢妃様の兄君が仰っていたから」

「陛下から？　それは妙だな。いつ、そんな薬を下賜されたんだ？　そもそも呂賢妃様は、いつから心臓の発作が出るようになったんだ」

「そうよね。前は、あんな症状で悩まれている様子はなかったんだけど。なんだか、そこに謎が残っている気がする」

新薬である点と、高価で希少な草木が使われている点から見ても、舌下仙薬は一般に流通している品ではない。けれど炉灰の言葉通りに朱心が呂賢妃に下賜したものなのだとしたら、それがいつの出来事なのかが問題になってくる。

英鈴も知らない、ずっと前なのか。それとも、追放される間際に下賜されたのか。

「明日からも、呂賢妃様について色々調べてみないといけないみたい」

「だろうな。だが、どうするつもりだ？　今日の様子じゃ本人にこれ以上あたるのは難しそうだぞ。それに、もう邸内に入る理由がないしな」

「それは……」

（呂賢妃様について詳しい人っていないかしら。本人に聞けなくても、その人たちからなら事情を聞き出せるかもしれない）

そう考えた瞬間、脳裏を、あの嫌みな笑顔の数々と、嘲り交じりの声が過ぎる。

――正直なところ気は進まないが、仕方ない。

「本人じゃなくても、一応当てがあるから安心して。緑風くんは、明日はどうするの？」

「悪いが、僕の手助けはこれ以上期待するなよ」

頭の後ろで手を組んで背を反らしつつ、緑風は言った。

「僕は明日から、陛下の薬童代理……の、代理を仰せつかっているんだ。なんでも、陛下の服用される薬が変わったそうでな。ぜひ、不苦の良薬の案が欲しいのだと」

「薬が変わった？」

その言葉に、一気に不安感が胸を突き上げてくる。

「どういうこと。陛下のお加減がよくないの？」

「ご病気というわけじゃないから、安心しろよ」

緑風はフンと鼻を鳴らした。

「ただ、完全にお元気だというのでもない。処方されるのは、『甘麦大棗心湯』だ。それを聞いたら、どういう調子でいらっしゃるかは理解できるよな？」

「……ええ」

本当に、よく理解できる。朱心が今、とてつもない心労を抱えているということが。

（甘麦大棗心湯は名前の通り、とても甘いお薬。甘草も小麦も棗の実も、すべて薬学では甘い味として分類されるものばかりだし）

そして薬における甘い味とは、しばしば心陰、つまり心の栄養のようなものを補い、心労を軽減させ精神を安定させるために使われるものなのだ。

疲れた時に甘いものを食べる、という行為は一般によく見られるが、これは甘味によって心陰を補うという医療行為が、無意識のうちに行われているのと同じなのである。

要するに、甘麦大棗心湯というとても甘い薬が処方される今の朱心は、かなり心陰が不足している。心が疲れた状態、ということなのだ。

「……」

緑風もいるというのに、つい俯き、考え込む。

（無理もないよね。戴龍儀が失敗して、後宮では何度も騒ぎが起こって。ただでさえお忙しいのに、こんな状況になってしまっていては）

本当は、今すぐに傍に行きたい。自分に何ができるわけでもないだろうけれど、顔を見て話がしたかった。でも、まだそれは無理だ。

（どうにかして、私の気持ちを……無事だということだけでも、伝えられたら）

胸の奥がぎゅっと痛くなって、英鈴は胸に手を置いた。すると、いつの間にかこちらをじっと見つめていた緑風が、わざとらしく肩を竦めてから言い放つ。

「まあ、幸い！　甘麦大棗心湯は幼い子どもでも文句を言わずに飲めるほど、とても甘い薬だからな。服用法を細かく検討しなくても、本来なら陛下にとって飲みやすい薬だといえるが……僕はこれを、焼餅にして提供してはどうかと思うんだ」

「焼餅？」

服用法の話になると、途端に興味が惹かれてしまう。英鈴が問いかけると、緑風はさらに、どこか得意げに語りはじめた。

「小麦を水で溶いて、焼いたら焼餅になるだろ。それなら持ち運びも楽になるし、湯と一緒に飲むのが難しい状況でも、簡単に口にできる」

「なるほど！　それは確かに、いい考えね」

頷きながら、心からの称賛を口にした時——ふいに、別の考えが頭をもたげた。

「そうだ。ねえ、あの、考えがあるんだけど」

「なんだ？」

「甘麦大棗心湯に、さらに卵と蜂蜜と、牛乳と重曹を入れて焼くの」

こちらの言葉に、緑風は合点がいかないらしい。訝しげな彼に、英鈴はさらに説明した。

「重曹には熱を加えると膨らむ性質があって、お菓子を作る時に使われるの。だから、それらを混ぜた甘麦大棗心湯をお碗に入れて焼けば、膨らんで蛋糕みたいになるでしょう」

蛋糕とは、卵と粉を使った焼き菓子を指す。

「今の陛下には、甘いものと栄養が必要だもの。卵と蜂蜜も、甘い味に分類されるし」

「……ふん、確かに。ただ焼餅にするよりも、効果は高いか」

しばらく考え込んでから、緑風は、やれやれと首を横に振った。

「だが釈然としないな。薬童代理を仰せつかっているのは、この僕だ。なのにお前の案を採用してしまったら、まるで形なしじゃないか」

「そ、それは……ごめんなさい。余計な口を挟んでしまって」

「お前に謝ってもらう筋合いはないな。よりよい案があると知っていながら、ただ自尊心のためだけに採用しないなど、薬師の名折れだ。常識だろ」

腕組みして、きっぱりと彼は言う。

「ともかく、お前の考えについては検討してやるし、責任を持つ。戴龍儀が失敗した原因についても、僕から陛下にお伝えしておくよ。お前はせいぜい、呂賢妃様の周りを嗅ぎまわるのに集中するんだな。でないと、困った展開になるぞ」

「ええ、その通りね」

二回目の戴龍儀が行われるのは、明後日。うかうかしている時間はないのだ。

こくりと頷いて応えて――

「あっ、待って！　あともう一つ、お願いしたいんだけど」

「なんだよ、まったく。僕は何でも屋じゃないんだぞ」

「薬についての話よ。さっき私が考えた、蛋糕についてなんだけど」

英鈴は、緑風にもう一つ、薬に手を加えるよう頼んだ。

彼はそれを（なんだかんだ言っても）了承してくれた後、下宿先に戻ると言って、退出していった。

緑風を見送り、物置で一人になった後――舌下仙薬を眺めながら、英鈴は思う。

（結局、呂賢妃様がなぜ濡れ衣を自ら着ているのかの理由はわからなかったし……この薬

も含めて、新しい謎が増えてしまったけれど）

それでも、立ち止まっているわけにはいかない。

否、自分は立ち止まってなどいないと、どうしても、朱心に伝えたかった。

だから、緑風に頼んだのだ。甘麦大棗心湯で作った蛋糕の上に、膠飴を被せた棗の実をのせておいてほしい、と。

（私が初めて陛下に提供した不苦の良薬は、膠飴丸）

苦い薬を飲みやすくするために、周りを甘い膠飴で覆った服用法だ。

（今回は薬ではなく棗を包んだものになるけれど、でも陛下なら、きっと膠飴丸を思い出してくださるはず）

それを緑風に提供してもらうことで、伝えてほしいのだ。

董英鈴は、無事でいると。

そして不苦の良薬で朱心を、この国を救うことを諦めてなどいない、ということを。

（これからどうなるか、まだわからないけれど）

英鈴は、拳を握って気合を入れた。

（私は、最後の瞬間まで絶対に諦めたりしない！）

それは、朱心と過ごした日々の中で得た、一つの信念だった。

何度か揺るぎそうになった時もあったものの、今は何よりも固い心の支えとして、自分を衝き動かしてくれている。

決意に満ちたまま、英鈴は寝台で眠りに就いた。

けれど翌日、本当に思いも寄らぬ出来事が起こるなどと、この時は知る由もなかったのである。

第三章　英鈴、同舟共済すること

（着いた……！）

ほんの二日ほど離れていただけなのに、外から見たその場所は、とても広大で荘厳に思えた。石造りの壁のさらに向こうに、艶やかな瑠璃瓦の屋根が覗いている。

今、英鈴が立っているのは、禁城へと続く通用門の近くの大通りだ。

正確には、その門が見える建物の陰から、そっと様子を窺っているのである。

（私を知っている人に会ったらよくないと思って、こっそりここまで来たから……意外と時間がかかってしまったけれど）

あと少しで正午、といった太陽の位置を確認しながら、英鈴は思う。

——なんとかこの辺りで、月倫たちの居場所を探れはしないだろうか、と。

朱心と、旺華国の未来を救うためには、明日の戴龍儀を成功させなければならない。

さらに自分の家族と、呂賢妃にかけられた冤罪を晴らさなければならない。

けれども肝心要の呂賢妃本人が、どういうわけか罪を認めると言っている今——彼女に一体何が起こっているのか、調べてみる必要がある。

そして本人が何も教えてくれない以上、頼みの綱は、呂賢妃をよく知る人物である。

すなわち、宮女の月倫たちだ。

どうにかして彼女らから、呂賢妃の真実を聞き出さなくては。


(月倫殿たちは昨日、呂賢妃様の近くにいなかった。なら、禁城に残っているのかも)

ならばこの門を行き来する人々や、宮女たちの様子を観察すれば、月倫たちの足取りを追えるかもしれない。もしも彼女らが禁城を離れてしまっているのだとしても、せめて行方は知っておきたいところだ。

(でも今の私は禁城に入れないし、大っぴらにうろつき回ることもできないし)

ちらちらと門に視線を送りつつ、英鈴は考える。

(誰か、協力してくれそうな人が通りかかってくれないかな)

我ながら都合のいいことを思った時、ちょうど、門衛が交代の時間を迎えたらしい。

通用門を両脇から警護する兵士たちが交代し、新しく二人の男性が任務についている。

その二人の面影に、見覚えがあった。

(あれは、薄荷茶を飲んでくれた人たち！)

思い出すと、なんだかとても遠く、懐かしい記憶のように感じてしまう。

あれは昨年の初夏、まだ英鈴がただの宮女だった頃。

暑い夏場を乗り切れるような、飲むとスッキリする飲み物が欲しいと話をしていた彼らに、たまたま用意していた薄荷茶を渡したことがあったのだ。

緑茶と麦芽糖を混ぜ、そこに薄荷を入れたお茶には、身体に籠った熱を発散させ、心身共に清涼感を与える効能がある。英鈴が朱心に見いだされるきっかけの一つになった薬茶を、喜んでくれた人たち――

(妃になってからは、門を行き来する機会もほとんどなくなって、すっかり顔を合わせる機会がなくなってしまったけれど。逆にあの人たちも、私が貴妃だと知らないかも)

そして門衛である彼らなら、行き交う人の顔をよく見ているはず。

月倫たちのいるところも、ひょっとしたら知っているかもしれない。

聞いてみる価値はある。意を決して、彼らのもとに歩み寄っていくと――

「おやっ、あんたは！」

衛兵のうち一人が、こちらに視線を向けて目を丸くしている。

「宮女のお嬢さんじゃないか！　こりゃまた久しぶりだねえ」

やはり、彼らはこちらの正体を知らない。表情を明るくして、英鈴は彼らに会釈する。

「こんにちは。お久しぶりです」

「去年の夏は、本当にありがとうね。貰ったお茶のお蔭で俺たちも助かったよ。しばらく顔を見ていなかったけれど、元気だったかい？」

「ええ、お陰様で」

本当は危険な目に何度も遭ってきたけれど、それはともかく。

気さくな笑顔を向けてくれている彼らに微笑み返してから、本題に入る。

「あの、お忙しいところすみません。実はちょっと、人を探しているんですが」

「ふうん？　俺たちが見かけているといいがな。誰だい」

「ええと、呂賢妃様付きの宮女の、月倫殿たちです」

と、こちらが月倫の名を出すと——途端に、彼らは怪訝な顔を浮かべる。

(あれっ、もしかしてマズかった!?)

なんともいえない渋い顔をする彼らの態度に、ひょっとして聞くこと自体が問題だったのだろうかと、内心冷や汗を垂らす。

けれども衛兵の一人は辺りを窺うようにしてから、そっと口を開いた。

「お嬢さん、あの月倫って宮女と知り合いなのかい？」

「え？　ええ、そうなんです。衛兵さんも、ですか？」

「いや何、知り合いっていうかねえ」

そう言って、彼はぽりぽりと後ろ頭を掻く。するともう一人の衛兵が、補足するように語りだした。

「実は昨日、その月倫って宮女が仲間を引き連れてここに来て、大変だったんだよ」

「え⁉」

予想外の展開に驚くこちらに対して、さらに彼は教えてくれた。

「なんでも、仕えていたお妃様が実家送りにされて……その時の騒ぎもあってか、後宮をクビになったらしいんだけどね。ご主人の処分に納得いかない、陛下に直訴するから禁城に入れろとかなんとか、無茶言ってさんざん騒いだのさ」

「俺たちがいくら止めても、聞きゃあしねえ。でも結局、これ以上騒いだら本気で牢屋行きだぞと脅したら、引き下がっていったよ」

「どうかな。ありゃ、今日も来るって勢いじゃなかったか？」

「来るにしても、昨日今日で同じ場所じゃないだろう。もっとデカい門のほうに行っているんじゃないか」

ありえる話だな、と言って、衛兵たちは笑い合う。

「昨日は俺たちが相手だったからいいものの、あの調子のまま『冷灰将軍』に出くわしちまったら怖ぇぞ。あの方には冗談すら通じないからなあ」

「違いない。いくらあの宮女たちでも、黙って帰るしかないだろうよ」

——どうやら、よほど恐ろしい将軍がいるようだ。

そう考えつつ、英鈴は思いっきり顔を引き攣らせてしまう。

（でもあの人たちなら、誰にでも食ってかかるかも。というより、なんて危険なことをしているのかしら！）

いくら呂賢妃の処遇に納得がいかないからといって、陛下に直訴しようとするだなんて。場合によっては、謀反人として殺されても文句は言えない行いである。

それだけ主人である呂賢妃を、大切に想っているのだろうか？　月倫たちは普段から、主人と仲間以外の人間にはひどく排他的だった。けれどもそれだけ、主には深い想いを寄せているのかもしれない。

「しかしお嬢さん、何か頼まれごとでもあるのかい。言っちゃあなんだが、あんな連中と知り合いだなんて大変だねえ。さぞ苦労しているだろう」

「そういえばさっきここに来る途中、南門のほうに人だかりができていたような気がしたよ。そっちを探してみるのはどうかね」

「南門……！」

　冬大祭の際に、朱心や妃嬪を乗せた馬車が出発した門だ。この通用門よりもさらに大きく、衛兵の数も桁違いに多い。

（いくら月倫殿たちでも、そんな場所で騒ぎ立ててなんて……いる、かも）

　逆に妙な信頼感を覚えてしまう。

「わかりました、ちょっと行ってきます。ご親切にありがとうございました」

「いやいや、これくらい大したことないよ」

「気をつけてな！」

　爽やかに手を振って見送ってくれる彼らに、一礼を返してから別れる。

　南門は、ここからそう遠くない。様子を見に行くには、ちょうどいい場所だ。

　でも一歩足を踏み出すごとに、なんとなく気が重くなってくる。

（面倒なことになっていないといいけれど）

　月倫たちと話をする、というだけでも面倒そうなのに、さらに大変な展開にはならないでほしい。心の底からそう願っているのに、時として、運命とは残酷なもののようだ。

　南門へと通りを歩いていくと、徐々に聞き覚えのある声、というか大勢の女性たちが騒いでいる声が聞こえてきた。そして、いよいよ南門の前までやって来ると——

「なぜ私どもが中に入れないのです⁉　これは正当な要求ですよ！」

ああ、やっぱり。見知った後ろ姿を確認して、思わずため息が出そうになる。

そこにいたのは月倫、喜星（きせい）、その他にも四人ほど——呂賢妃のお付きとして仕えていた宮女たちであった。

どうやら、今日も衛兵たちに詰め寄っているらしい。通行人が足を止め、野次馬の人垣までできている。英鈴はひとまず、そっとその群衆に交じって様子を窺うことにした。

すると年若い衛兵に食ってかかっている月倫が、さらに大声をあげる。

「先ほども申し上げたでしょう、私どもの主は陰謀によって追放されただけなのです！すぐに陛下に、いいえ、せめて女官長様にお目通りし、処分を撤回していただかなくては。そこをお通しなさい！」

「そうよ、そうよ！」

月倫のすぐ後ろで、喜星も追随する。

「禁城を守る兵士のくせに、呂賢妃様はお守りしないつもりなの⁉　私たちを通さないだなんて、あなたたちも通用門の連中と同じ役立たずのようね！」

「なんだと……」

「おい、よせ」

　ムッとした顔で槍を握り直す若い衛兵の肩に、その上官と思しき兵士が手を置いて窘める。それから彼は一歩前へ出ると、月倫たちを説き伏せるように言った。

「気持ちはわかるが、しかし、あなたたちは既に後宮を辞めさせられた身なんだろう？　残念だが、部外者を立ち入らせるわけにはいかない。なんとかしたいなら、例えば女官長殿に文を送るとか……」

　だがしかし、彼の至極真っ当な提案は、彼女らの耳には入らない。

「まぁあ、『辞めさせられた』ですって！　聞いたかしら喜星？　この兵士、こともあろうに私どもが後宮をクビになったなどと申しましてよ。私の聞き誤りかしら」

「いいえ、月倫様！　確かに申しておりました。呂賢妃様の処遇に納得しかね、自ら職を辞した私たちに向かって、よくも好き放題を言いましたこと！　信じられませんわぁ」

　わざとらしく身を捩らせ、いかにも暴言を吐かれたというように、彼女らは顔を歪めてみせる。どうやら、自分たちは抗議のため自ら辞職したのだと主張したいらしい。

　穏当な対応をしようとしていた兵士も、さすがに眉を顰めている。

「いいか。後宮では、あなたたちがその態度でもご主人の威光があって問題なかったのかもしれないが、もうそうはいかないんだ。ここを立ち去れ。でないと痛い目に遭うぞ」

「痛い目？　あら、そう！　呂賢妃様に長くお仕えする、この私どもに暴力を振るうと」

やれるものならやってみろ、といった佇まいで、月倫は胸を張った。

「どうぞ、ご勝手に。けれど丸腰の婦女子に乱暴狼藉を働くあなた方の姿を、通行人の皆様はどうお感じになりますかしら⁉　ねえ、皆さん！」

やや芝居がかった動きで、両腕を広げつつぐるりと月倫は振り返ってみせる。その視界に入らないように、前の人の陰に身を潜めながら、英鈴はますます冷や冷やした。

（月倫殿、なんであんなに強気でいられるの？　いくら呂家の権威がすごくても、限度ってものがあると思うんだけど！）

そして、その懸念はどうやら当たっていたようだ。

先ほど苛立っていた若い衛兵が、上官に進言しているのが聞こえてきた。

「隊長、構うことはありません。ひっ捕らえてしまいましょうよ」

「ううむ、そうだな。呂家の方々と縁深いならと思ってはいたが……これでは、かえって将軍のご迷惑になるかもしれない」

「そうですとも！　あいつらのせいで冷灰将軍に隊長が叱られるところなんて、俺たちは見たくありませんよ」

通用門に続き、またその将軍の名前が出た。少し気になるけれど、今はそれどころではない。このままでは、月倫たちまでもが捕縛されてしまう。

(ひょっとしたら、月倫殿たちは私を見て騒ぐかもしれないけれど……ここは、出て行って仲裁したほうがよさそうね)

決意し、英鈴は人垣から前に出ようとした。

だがそれよりも早く、いきなり群衆がさっとその場から消えていく。まるでクモの子を散らすような有り様に、つい出ていく時機を見逃し、英鈴は辺りを見回した。

すると人々の動きの理由は、すぐにわかった。

南門の内側、禁城の方角から、衛兵と月倫たちに向かって、一人の偉丈夫が兵士たちを連れて歩いてきたからだ。

すらりとした長身、抜身の刃のごとき眼差し、人形のように無感情な面立ち。

(あれは、呂賢妃様の兄君の……)

「しょ、将軍！」

彼の姿を認めるや否や、隊長以下衛兵たちは、拱手して跪く。一方で月倫たちもまた、それまでのどこか余裕ぶった態度を一変させ、緊張した面持ちで礼の体勢をとった。

やがて彼女らのすぐ近くまでやって来た炉灰は、前を向いたまま、さっと右腕だけを横に振る。その動作で、彼の背後に続いていた兵士たちは一斉に立ち止まった。まさに、一糸乱れぬ動きである。それに合わせるようにして、炉灰は口を開いた。

「騒動を聞きつけて来た。何ごとか」

「申し訳ありません、将軍」

隊長は平伏しながら言った。

「このご婦人がたが、中に入れろと訴えて聞き入れず……注意をしていたところです」

「呂家の縁者と見て、手加減していたか。だが、阿る必要はない」

淡々と、炉灰は言った。

「この者たちはもはや呂家とは無縁の慮外者だ。主の威光を笠に着ながら、その主の補佐も成し遂げられなかった者ども。陛下のおわす禁城に立ち入る資格があろうはずもない」

「なっ……！」

「不服か？　月倫とやら。だが、これは事実だろう。申し開きがあるなら言うがいい」

何ごとか反論しようとした月倫の口を、鋭い言葉と視線で塞いでいる。

――なんて平然と、容赦のない言葉遣いをする人なんだろう。

自分に言われていたわけでもないのに、英鈴はぞっとした。

（もしかして……衛兵の人たちが言っていた恐ろしい『冷灰将軍』って、炉灰殿のあだ名か何かなのかしら）

なんとも言えずにこちらが見守る間にも、炉灰は語るのをやめない。

「我が妹は呂家として不適格な存在となった。陛下の寛大なるご処置はあれど、本来その咎は我ら呂家と、あの者に仕えしお前たちが受けるべきもの。そして……」

炉灰の右手が、今度はすっと天へと向けられる。それに合わせて、背後の兵士たちは素早く槍を構えた。穂先が向けられているのは、月倫たちのいる方だ。

喜星が、それを見て悲鳴をあげている。月倫はというと青い顔だが、それでも逃げ去ろうとはしていない。炉灰は構わずに、続けて述べた。

「妹が後宮で病を得、陛下より賜った薬の服用をたびたび拒み……最後の務めすら果たさずに過ごす今、お前たちがそれを恥じもせず、無為な騒ぎで人心を煩わせるのなら」

炉灰が手を振り下ろしたその時、きっと月倫たちは、あの槍の餌食になる。

彼が語った言葉——呂賢妃が後宮で病を得たとか、舌下仙薬を陛下から賜ったとか——そういった事柄が気にはなるけれど、今は何より、止めに入るべきだ。通用門の衛兵たちが言っていた通り、呂炉灰将軍は、月倫たちのやり方が通用する相手ではない。

「お待ちください！」

瞬間、英鈴は駆け出して、炉灰と月倫らの間に割って入った。僅かに居残っていた野次馬の一人が突然飛び出してきたことで、両者の動きがぴたりと止まる。

「月倫殿、ここは下がりましょう。ここで押し問答をしていても、血が流れるだけでなんの益もありませんよ！」

「なっ……!?」

僅かに目を見開く炉灰と比べて、月倫のほうは、もちろんこちらが誰なのかわかったようだ。彼女はそれこそ、死人が蘇って目の前に現れたかのような眼差しを向けている。

喜星などの他の女性たちも、叫びだしこそしないものの、陸に上がった魚のように口をぱくぱくさせていた。その隙を衝いて、英鈴はさらに言葉を重ねた。

「将軍様も、衛兵の方々も、どうかここはご容赦ください。月倫殿たちは、大切なご主君の身に起こった出来事を、未だ受け入れ切れていないだけなのです」

「……」

やや戸惑った表情を見せる衛兵たちに対して、炉灰はなおも無表情だ。彼とは昨日、あの離れで出会っている。なぜお前がここに、と咎められるかも――と思ったのだが。

次に口を開いた彼は、なおも無表情だが右腕を下ろしはせず、ただ抑揚なく告げた。

「疾く立ち去れ。今度この門でお前たちを見かけた時は、警告なく斬り捨てる」

「はいっ！　申し訳ありませんでした！」

英鈴は、炉灰に深々と頭を下げる。それから素早く月倫たちに向き直り、こう言った。

「さあ、月倫殿も皆さんも……すぐに、ここから退散しましょう。その……お話ししたいことがたくさんあるんです。皆さんも、そうではないですか？」

わざと含みを持たせたように、ゆっくりと語る。すると驚愕からいち早く立ち直った様子の月倫が、口の端を引き攣らせながらも、率先して頷いた。

「ええ、そうですわね英鈴殿。どうやら私どもは、たっぷりお話をせねばならないようで」

「わかっていただけて嬉しいです」

顔を見合わせたまま、ふっふっふと互いに笑いを零す。それから、炉灰と兵士たちの奇異の視線を背に感じつつ、英鈴たちはすぐに門前を去った。

そして無言のうちに、向かう先は通りに面した大きな茶店だ。

英鈴、そして月倫たちは、案内された席にちょうど向かい合うようにして陣取る。

とても重要な、話し合いの始まりだ。

＊＊＊

「ご、ごゆっくりどうぞ～……」

英鈴と月倫たちの前に温かいお茶の入った碗をそそくさと置くと、給仕の女性は逃げるように去っていった。たぶん、この場のただならぬ雰囲気を察知したのだろう。

——怖がらせてしまったのは申し訳ないけれど、気を抜くわけにはいかない。

英鈴はただじっと、怯(ひる)まずに眼前の女性たちの視線——驚愕、怒り、疑念を受け止めつつ、次に放つべき言葉を考える。

幸い、通されたこの席は奥まった場所にあり、しかも近くに人がいない。

つまり、ある程度あけすけな話をしたとしても問題のない状況だ。

ということを踏まえたうえで、機先を制してこちらから口を開く。

「驚きましたよ、皆さん。まさか、あんなところでお会いするだなんて」

「あぁら、私どもこそ驚いておりますわ。英鈴殿」

じろじろとこちらを見つめるのをやめた月倫が、いつものように嘲笑するような表情を浮かべて応えてくる。

「大罪を犯した両親の罪を贖(あがな)うでもなく、神殿で祈ることすらせずに、このようなところを気ままに出歩いていらっしゃるとは。陛下のご寵愛(ちょうあい)はなおも深いご様子、本当に羨ましく存じますねえ」

いかにも挑発的な物言いだ。しかし、皮肉を気に留めている場合ではない。

「確かに陛下のお目こぼしはありますが、神殿を出たのは私の意志です。それに、私の両親は罪を犯してなどいません」

　できるだけ冷静な声音で述べてから、英鈴は相手をまっすぐに見据えて続ける。

「ところで、犯してもいない罪のせいで罰を受けているというのは、呂賢妃様も同じだと心得ておりますが。いかがですか、月倫殿」

「……！」

　告げた瞬間、月倫の動きがぴたりと止まり、表情から嘲りが消えた。その瞳に真剣な色が入り混じるのを、英鈴は初めて見た心地になった。

　けれどこちらが何か言うよりも先に、その傍らに座る喜星が眉を吊り上げる。

「何よ！　今は貴妃ですらない平民のくせに、呂賢妃様を馬鹿にしているの？　あのお方はただ調べが終わるまで謹慎なさっているだけだわ。すぐに真実が明らかになるわよ！」

「馬鹿になどしていません、事実を確認したかっただけです。それに言いたくはありませんが、今は妃でないのはあなたがたのご主人も同じですよね？」

「な……！」

　こちらが静かに反論すると、喜星はさらに何か言いたげに顔を歪ませた。しかし、彼女が続けて言葉を発することはなかった。月倫の手が、その袖を摑んで止めたからだ。

「げ、月倫様……？」

「お控えなさい、喜星。やはり、しっかりとお話をする必要があるようです」

存外に丁寧に、声を荒らげるでもなく、月倫は述べた。その態度に場の深刻さを悟ったのか、喜星はそれ以上何を言うでもなく、口を噤む。

それに合わせて、月倫はこちらに対して真面目な面持ちで語りかけてきた。

「英鈴殿は、呂賢妃様の冤罪について、どこまでご存じで？　誰があのお方を陥れたのか教えていただけるなら、これ以上ない感謝を申し上げますけれど」

「残念ながら、そこまでは。けれど、呂賢妃様と私の実家に濡れ衣を着せた者と……陛下の儀式を妨害した者が同じだろうことまでは、推測しています」

「はっ」

そこで、月倫はまた普段と同じ嘲りの顔に戻る。

「結局、何もわかっていないのと同じではありませんか。では、あなたと会話する益は私どもにはありませんね。後宮を離れたあなたが、どうやって呂賢妃様の現状を知ったのか……皇帝陛下と今も繋がっておいでなのか、あるいは何か秘策でもあるのかと興味を持っていましたけれど、とんだ肩透かしで――」

「私は昨日、お屋敷で呂賢妃様にお会いしましたよ」

今にも席を立とうとしていた月倫に対し、短く伝える。

すると途端に相手は目を見開き、半ば身を乗り出すようにして、早口で尋ねてきた。

「陽莉様は、いえ、呂賢妃様はお元気でしたの!?　正直に答えなさい！」

「答える前に！」

眼前にまで迫っている月倫の眉間に人差し指を近づけて、英鈴は念を押すように言う。

「あなた方の持っている情報も嘘偽りなく教えていただけると、ここで誓ってください。もう、いがみ合っているような状況ではありませんから。それくらいはわかっていらっしゃいますよね？」

「ぐ……！」

偉そうに、と喜星は悔しそうな顔を浮かべるが、他の宮女たちがとりなすように無言のまま肩に手を置いている。それに合わせて、さらに言葉を重ねた。

「これはあなた方や私だけの問題ではありません。何者かが旺華国の後宮と、皇帝陛下そのものを貶めるために罠を張ったんです。ひょっとしたら、他の妃嬪がたも狙われるかもしれない。私は必ず謎を解明しなければなりません。月倫殿、ご協力いただけますね？」

月倫は、ただ黙ってこちらを見つめていた。しかしややあってから、彼女はまっすぐに椅子に座り直すと、お茶を一口啜る。それから、ぽつりと言った。

「もし、断ったら？」

「その時は、なんとか呂賢妃様ご本人にご協力を乞うしかありませんね。そして同時に、あなた方も……今日と同じような強引な手段に頼らざるを得なくなるでしょう。互いにとって不幸な結末だと思いますが」

こちらが率直に語ると、月倫はまたしばし口を閉ざした。彼女の真面目な面持ちを見ながら、英鈴は思う――この人がこんな顔もできるなんて、やっぱり知らなかったな、と。

(今までに何度も嫌がらせをされてきて……呂賢妃様の一派とは、もう一生わかり合うことなんてないだろうと思ってきたけれど。それは私の偏見だったのかも)

たとえ今だけであったとしても、利害が一致している状況でなら、手を取り合えるかもしれない。そう思ったからこそ、取引を持ちかけたのだ。

そしてその賭けは、どうやら――

「……わかりました」

成功したらしい。

「では、英鈴殿。あなたが偽りなく語ったなら、私どもも知り得る限りを話しましょう。呂賢妃様にお仕えする者として誓います」

どこか不服そうだが、それでも、真摯な眼差し(まなざし)で語られた言葉。

主にかけての誓いというところに、彼女の本気を感じ取る。

「承知しました」

英鈴は短く頷き、それから、昨日会った呂賢妃の様子について、余すところなく月倫たちに語り聞かせた。

呂賢妃の母君が倒れたこと。呂賢妃が現在、一人で離れにいること。英鈴に対しても、自分が皇帝を呪ったのだと語ったこと。そして、発作を伴う病に侵されていること——

「なんですって！」

話題が病に及んだ時、宮女たちは一斉に表情を変えた。

「奥方様だけでなく、呂賢妃様までもがご病気だなんて……！　ち、治療は受けていらっしゃいましたか。薬は飲んでいらっしゃるの？　答えなさい！」

「落ち着いて、安心してください」

有（なだ）めるようにゆっくりと、英鈴は答える。

「母君の病状は落ち着いていましたし、呂賢妃様も既に診察を受けられたようで、お薬もお持ちでした。陛下から賜ったそうです。ただ私の見立てでは、その薬は呂賢妃様の体質に合っていないように思えます。そもそも呂賢妃様は、そのお薬をあまりお召しになりたがらないそうで」

そこまで語って、はたと気づく。

「そう、そのお薬を飲めと呂賢妃様に命じておられたのは、兄君の炉灰殿です。それだけでなく、呂家の者として務めを果たせと……かなり強い態度で接しておられました」

「……」

心当たりがあるのだろう、月倫たちは苦い面持ちで俯いている。

英鈴はさらに尋ねてみることにした。

「炉灰殿は先ほど、妹君が後宮で病気になったのに、薬をたびたび拒むと仰せでしたが」

心当たりはないのか、と問うまでもなく、月倫たちは激しく頭を振った。

「もし心当たりがあらば、誰に命じられるでもなく私どもは呂賢妃様を精一杯看護しましたとも！　我々が共にある間、呂賢妃様はご病気など得ておられませんでしたわ」

本来であれば、彼女たちとて主人の傍を離れるつもりはなかった。

しかし呂賢妃が大逆を犯した疑いで後宮を追放されると、その責を『監督不行き届き』という形で負った月倫たちは、呂家に戻ることを許されず、したがって主人を一人にしてしまう状況になったのだという。

「冷灰将軍が私どもを……いえ、妹御である呂賢妃様をも悪しざまに言われるのはいつものことでしたから、先ほどは何かの皮肉かと、気に留めておりませんでしたが。呂賢妃様が病に苦しんでおいでだなど、私どもにとっても寝耳に水です」

「では、呂賢妃様がご病気になったのは後宮にいらっしゃる間ではなく、ご実家にお戻りになってからになりますね」

相手の頷（うなず）きを確認しながら、英鈴は内心で疑問に思う。

──確かに月倫たちのことだ、もし呂賢妃が後宮にいる間にあのような病気になっていたのだとしたら、何が何でも傍を離れはしなかっただろう。

けれど炉灰は、妹は後宮にいる間に病になったように語っていた。

この食い違いの原因は、一体どこにあるのだろう。

「そうだ、それと」

もう一つ、気になることを思いついて、さらに問うた。

「『冷灰将軍』というのは、やはり炉灰殿のあだ名、なのですか？」

「ええ、まあ」

月倫は眉を顰（ひそ）めた。

「皆が陰で広めた名と言うべきでしょうけれど。あの方は呂家でも有数の武人として、若くして左将軍となられ、禁城と華州（かしゅう）の警護に関する要職に就いておいでですが……同時に、冷酷で無慈悲な性格でも知られているのですよ」

「実の妹君である呂賢妃様に対しても、いつも冷たく接しておられて」

「あの兄君に詰め寄られるだなんて、なんておかわいそうな呂賢妃様！」

宮女たちはそう言って、肩を落とした。さめざめと涙を流しはじめる者もいる。

（確かに……いくら妹が大きな罪を犯したと思っているからって、短剣を投げて寄越して自害を命じるような人だもの。冷酷さで有名というのも、おかしくない話ね）

ふむ、と一つ得心がいったような気持ちになってから、口を開く。

「私は、呂賢妃様は無実だと思っています。そしてもし呂賢妃様にもご協力をいただけるのなら、共に冤罪を晴らすこともできると考えています。その材料はあるのです。でもご本人が自分の罪だと仰っている以上、どうしようもありません」

しっかと月倫たちを見つめ、続けて語る。

「だから、教えていただきたいのです。呂賢妃様に濡れ衣が着せられた夜に、何があったんですか？　どうして呂賢妃様は、自分がやったなどとお話しになったのでしょう」

「……いいでしょう」

眉間に皺を寄せたまま、月倫はおもむろに語りはじめた。

「あの夜……あなたが追放された日の夜、いつものように呂賢妃様は、池の畔においでになろうとされました。そしてその時、庭の植木に、あの忌々しい呪いの証が打ちつけられているのに気づかれたのです」

つまり、死んだ蛇と呪符とが短剣によって木の幹に突き刺さっていたのだろう。

ぶるりと身を震わせてから、彼女は続ける。

「もちろん、私どもにも身に覚えがありませんでしたわ。もしかすると英鈴殿、あなたの陰謀ではないかと騒ぎすらしたものです。呂賢妃様と私どもを浅ましくも逆恨みし、自分の実家と同じ目に遭わせようとしているのではないか、と！　まあ、あなたごときにそんな力などないと、冷静になればわかりましたがね」

（余計なお世話よ！）

思わずムッとしてしまうが、茶々を入れて話が脇道に逸れてしまってはよくない。

ぐっと堪えて黙っていると、月倫は軽く頭を振り、そして手で顔を覆って俯いた。

「ともかくその時、呂賢妃様は私どもを静かにさせると、こう仰せになりました。『もういい』と。そして騒ぎを聞きつけてやって来た宦官たちに、自分が皇帝陛下を呪うためにやったなどと仰ると、抗弁もなさらず、黙って沙汰を受けて後宮を出ていかれたのです」

「その時、あなた方はどうしていたんですか？」

「もちろん、お止めしましたとも！」

感情の高ぶりを示すように卓をバンと叩いてから、相手は苦しそうに語る。

「呪いなどと、呂賢妃様がそのような真似をなさるはずがありません。いかなるお考えなのか、もしかすると私どもが承知していないようなご事情でもおありなのかと……何度もお尋ねしましたが、その度に『もういい』と仰せで」

「沙汰が下された後も、私たちは呂賢妃様の無実を証明するために、あらゆることをしました。懇意にしていた他の嬪の方々や宮女たちにも、呂賢妃様の冤罪を共に訴えようと呼びかけたんです。なのに……」

喜星曰く、誰一人、味方になってくれようとはしなかったのだという。

「私どもは、抗議のために宮女としての職を辞しました。それでも、なんら事態は好転せず……私どもの主張を聞き入れようとする者は現れなかった」

そして項垂れる配下たちを尻目に、呂賢妃は粛々と、実家へ戻される馬車へと乗ってしまった。供も連れず、ただ、ひどく疲れ切ったような面持ちで。

月倫は俯き、卓に乗せた両の手を震わせながら語る。

「こんなことが許されていいはずがありません。姉君様の悲劇も、点々様の死も乗り越えて、陽莉様は務めを果たすべく後宮で耐えておられたのですから。その正しさと努力が、報われないはずがない。だから誠心誠意訴えれば、きっと天も動くと信じているのです」

「月倫殿……」

その時、英鈴は納得した。

彼女たちがさっき、頑なに門で衛兵相手に訴えかけ続けていた理由——自分たちを禁城に入れろと主張していた理由はきっと、この想いにあるのだろう。

(月倫殿たちは、呂賢妃様のこれまでの頑張りをよく知っていて、それが報われるべきだと思っている。だから女官長様に手紙を送るとかじゃなくて、ああまで堂々と、自分たちの訴えを認めろと言えたのね)

正しいのだから、きっと皆に認められるはずだという想い。

それは、誰も自分たちの味方になってはくれなかったという出来事があったからこそ、より強固なものになってしまったのだろう。

呂賢妃と月倫たちは、これまでにかなりの数の嬪や宮女を、贈り物などで自分の側につけていたはずだ。けれどそれはあくまでも、揺るぎない権威という後ろ盾あってこそのもの。呂賢妃の立場が揺らいだ時、それでも手を差し伸べる者はいなかったのだろう。

後宮の人々の変わり身の早さを、月倫たちもまた体感した、というわけだ。

(この人たちのこれまでの仕打ちを考えたら、それも当然なのかもしれない。本当に、何度も酷いことをされてきたし……周囲への態度も最悪だったもの。でも)

それでも英鈴は、月倫たちが必死に訴える姿を愚かだと笑う気持ちにはならなかった。

「あの」

面を伏せたままの月倫に対し、そっと声を掛ける。

「呂賢妃様の姉君が、後宮で亡くなられたという話は以前、呂賢妃様ご本人から伺ったのですが」

あれは昨年の重陽の節句の頃、暗殺騒ぎがあった時に、彼女自身が語ったのだ。

『あなたがいなければ、私も「後宮病」で殺されていた。十年前の、姉様のように』

あの時は、それ以上踏み込んで話を聞けはしなかったけれど。

「十年前、姉君に何があったのですか？　それに、先ほど仰っていた『点々様』とはどなたでしょう。もしかして、呂賢妃様が亡くされたという猫の……」

「それを知ってどうするつもりなのです、英鈴殿？」

顔を上げた彼女は、威嚇するような眼差(まなざ)しをこちらに向ける。ぴりりと張り詰めた空気を裏付けるように、その額にはうっすらと青筋が浮かんでいた。

「お話しするとは言いましたが、なんでもとは申しておりません。興味本位か、それとも呂賢妃様の弱みを握ろうという魂胆でして？　さすが、商家の方は利に聡(さと)いこと」

「誤解させたなら申し訳ありませんが、もちろんそんな意図はありません」

すぐに人の出自を持ち出してあれこれと勘ぐってくるのこそやめてほしいのだが、それは今は捨て置くことにする。英鈴は冷静に告げた。

「昨日、呂賢妃様とお会いして思い知らされたのです……私はあまりにも、あの方について知らなすぎる。けれどお心を開いていただかなくては、冤罪を晴らせません。そのために、少しでも呂賢妃様の過去について教えていただければと思っただけです」

「ふん。まあ、そういうおつもりなら」

鼻を鳴らし、やや剣呑さを薄めてから、月倫は話しはじめる。

「呂賢妃様の姉君、燈花様は、とても穏やかで美しく聡明なお方でした。呂賢妃様には三人の兄君がいらっしゃいますが、姉にあたるのは燈花様お一人。九つ年長の燈花様は、陽莉様にとってはもう一人の母君のような存在で、とても仲のよいご姉妹でした」

月倫の面持ちは、過去を語るごとに柔らかくなっていく。

きっと、かつての光景を頭に思い浮かべているのだろう。

「姉君がご存命の頃は、呂賢妃様もよく屈託のない笑顔を見せてくださったものです。姉妹で追いかけっこをされたり、ちょっとしたいたずらをしては、はしゃぎ回ったり。ええ、心底、あの頃の陽莉様はお幸せそうでした」

(呂賢妃様が、屈託のない笑顔を？)

英鈴の頭の中の彼女は、無表情か、退屈そうな顔か、さもなければ怒りに満ちた表情ばかりだ。楽しそうに笑っているところなんて、とても想像できない。

しかし、それだけ姉君の死が、呂賢妃の人生に暗い影を落としているのだろう。

そんなふうに考えている間に、月倫の話は進む。

「十年ほど前、先帝の後宮に、十五歳になった燈花様が入られると決まった折も……燈花様は、陽莉様が寂しくないようにと、一匹の猫を贈られたのです。黒と白のぶち猫で、点々様と名付けられました」

「……！」

息を呑む。点々とはやはり、呂賢妃の飼っていた猫の名だったのだ。

ならばこの後、呂賢妃に待ち受けている運命は――

「呂家の皆様は、見目麗しく才知ある燈花様が、先帝陛下のご寵愛を受けるものと期待していらっしゃいました。そして実際、燈花様は後宮入りしてすぐに陛下のお目に留まり、賢妃の座に就かれることとなったのです。けれど、それから間もなく……」

妬みを受け、彼女は殺された。後宮で暗殺を請け負っていた花神の構成員を下手人として――食べ物に毒を仕込まれ、それは『後宮病』として処理された。

「悲嘆に暮れる間もなく、呂家の方々はお決めになりました。陽莉様が成長された暁には、燈花様に代わって後宮に送り、必ずや陛下の寵愛を得るべし、と」

「ちょ、ちょっと待ってください」

思わず、英鈴は口を挟んだ。

「そんな時から、呂賢妃様は後宮入りを定められていたのですか。その、ご本人の意志とは関係なく？」

「あぁら。平民らしい、実に呑気なお考えですこと」

蔑むような目つきで月倫が言い、周りの宮女たちもそれに追随するかのようにこちらを睨んでくる。

「高貴な家の子女であれば、生まれた時から御家のために使命を課されるのは当然でしょうが。燈花様亡き後、呂家の未婚のご息女は陽莉様のみ。であれば、後宮入りを望まれるのもまた必然です」

「いえ、それはわかっているつもりです。高貴な家の方々にとって、後宮での栄達にどれほど価値があるのかも。私が言いたいのは、姉君を亡くされたばかりなのに、その代わりとばかりに後宮入りを決められてしまうなんて、あんまりじゃないかということです」

しかも姉が亡くなったのは、まさにその後宮だ。悲しみが癒えないうちに、自分も将来は同じ場所に行くのだと決めつけられるなんて、どれほど辛い出来事だろう。

「せめて、ご本人が納得されてのことなら理解できます。でも、そうではなかったんじゃないかと思って」

「やはり平民出らしい、実に素朴なご意見ですね。六歳の幼子の意志を確認する良家など、この世にあるものですか。まして『呂家たる者、皇帝に仕える一振りの武具たるべし』という家訓の前では……武人になれぬ女の身の陽莉様には、後宮に入る以外の選択肢など与えられなかったのですよ」

口調だけは平然と、しかしこちらからは僅かに目を逸らして、月倫は言った。横にいる喜星は、ぐすんと鼻を鳴らしている。そして英鈴は、炉灰の言葉を思い出していた。

（役目を果たせないなら死あるのみ……と、あの時も言っていたっけ。つまり呂賢妃様には、姉君の代わりに後宮に入って寵愛を受ける以外に、生きる道がなかったのね）

例えば楊太儀（ようたいぎ）のように、自ら誇りを持って、後宮での栄達のために邁進（まいしん）する人もいる。けれど娘の気持ちを確かめもせずに、ただ与えた居場所で成果を出すことだけを望むだなんて、いくら高貴な家だからといって、許されるものなのだろうか。

（そんな、都合のいいお人形みたいな扱い）

思った瞬間、脳裏を過ぎったのは、いつも見かける呂賢妃の姿。まるで生きた人形のように整った、しかし、生気のない佇（たたず）まいだった。

「それからほどなくして」

一方で話を切り替えるように、月倫はさらに語る。

「皇太子に選ばれた朱心様の妃嬪候補として、陽莉様は後宮に入られ……あの黄家のご令嬢と争うこととなりました。争いは熾烈を極めましたわ。さすがのあなたも、それはご存じでしょうが」

「……ええ」

素直に頷く。その話は、かつて袁太妃から聞いていた。黄徳妃は毒を盛られ、呂賢妃は飼っている愛猫を——つまり点々を、池に沈められてしまったと。

こちらの表情の変化を、相手も見て取っているのだろう。月倫はそれ以上皮肉るでも茶化すでもなく、深刻な面持ちで言った。

「点々様を亡くされて以降、呂賢妃様からは笑顔が消えました。代わりに、夜ごと池の畔で過ごされる時間が長くなっていき……私どもも最初はお止めしましたが、ご本人の意志は固く。結果、呂賢妃様はあなたの知るお方となったわけです。理解できまして？」

「ええ、とても。ありがとうございました」

礼を告げて、それから、思考を巡らせる。

呂賢妃が池の畔で過ごすのは、亡くしてしまった友である猫を悼むためなのではないかというのは、前にも思っていたことではあった。けれど想像していた以上に、呂賢妃の状況は過酷なものだった。

（お姉様と大事な友達を亡くすなんて、それだけでも耐えがたいはずなのに。その悲しみを受け入れるのに必要な時間すら、許されなかったのね。つまり呂賢妃様はまだ）

大切な人たちを喪った悲しみを、癒せていない。

にもかかわらず、家からは——兄からは「務めを果たせ」と責められている。彼女が頑なな態度をとっているのは、すべてこれが原因なのかもしれない。

（となると、私がするべきなのは）

「で？　英鈴殿」

茶を啜り、腕組みをして、月倫はこちらに冷たい視線を向ける。

「ここまで深く呂賢妃様の過去をご存じになって、あなたはこれからどうするつもりなんです？　ただの暇つぶしでここまで話させただけなら、許しませんよ」

「呂賢妃様が何を背負い、どんな気持ちでいらっしゃったのか、少しはわかったつもりです。またお会いできる機会があれば、少しは寄り添ったお話ができると思います。ですが」

もっと話をしておかねばならない相手がいる。

「その前に、炉灰殿ともう一度、一対一でお話ししたいです。呂賢妃様を苦しめているのは、冤罪だけでなく、病と薬もです。炉灰殿は、薬の出処を陛下だと仰っていましたが……いつどこで、どのような状況で賜ったのか、お尋ねする必要があると思います」

加えて、呂賢妃を追い詰めているのは、後宮で栄達せよという家からの期待と命令だ。その一端を担っている炉灰に、妹についてどう考えているのか問い質さねばならない。でなければ、真の意味で呂賢妃を助けることにはならないだろう——と英鈴が話すと、月倫は、ふむと低く鼻を鳴らした。

宮女たちもまた、互いに何ごとか囁き合って、ちらちらと視線を送ってくる。けれど彼女らの態度からは、こちらを侮る雰囲気は感じられなかった。

そして次に口を開いた月倫は、きっぱりと宣言するように言った。

「いいでしょう。そういうことならば、あなたに同行を許しましょう」

「えっ、同行？」

「ええ。私どもも、ただ門で立ち騒げば事態が好転するなどと信じていたわけではありません。それに、これ以上呂賢妃様をお一人になどしておけませんからね。今日の夕方、呂家に訪問できるよう手筈を整えておいたのです」

今回の出来事を招いた自分たちの失態を詫びるという名目で、月倫たちは既に、呂家を訪ねる約束を取りつけていたようだ。

「奥方様のお見舞いも兼ねてということであれば、まったく問題はないでしょう。そして今、炉灰様が本家を訪れておいでだというのも承知しています。私どもが奥方様と呂賢妃様にお会いしている間、あの方を英鈴殿、あなたが釘付けにしておいてくれるというなら、これほどありがたいことはないのですがねえ」

「つまり、あなたたちと一緒に呂家に行ってもよいと……その代わりに炉灰殿と話をせよと、そう仰るのですね」

「理解が早くて助かりますわ」

ふふん、と月倫は身をのけぞらせ、他の宮女たちもどこか誇らしげにしている。

（そういうことなら、願ってもない話ね！）

と、一も二もなく承諾しそうになって――ふと、考える。

（ええと、でも待って。いつもと違って、今回は月倫殿たちが相手でしょう。仲の悪い相手と商談する時は熟考しないといけないって、前にお父様が言っていた）

商談の基本は「双方が同じくらい得をすること」だ。片方だけが得をしたり、もう片方が損をしたりするばかりの契約は、仮にその場は凌げても、いずれは破綻してしまう。または、そのような商談しか結べない商人は、どのみち店を畳まねばならなくなるだろう。

月倫たちは、確かに今は協力してくれている。でももし後宮に戻って、また今までと同じようないがみ合いや嫌がらせが始まるのなら、なんの意味もない。

（呂賢妃様にとって、私の存在が邪魔なのはわかっている。でもだからって私も、後宮を去るわけにはいかない。これからを考えるなら、ちょっとは駆け引きが必要よね）

英鈴は、軽く身を乗り出して言った。

「いいでしょう。炉灰殿とお話しし、その後、呂賢妃様を説得します。さらに、戴龍儀の失敗の謎を解き、濡れ衣を晴らしてみせましょう。だからその代わりに月倫殿、あなた方は今後一切、私や私に仕える宮女たちへの嫌がらせはやめてください」

「なんですって！　図々しい」

途端に気色ばんだ月倫たちは、勢いよく立ち上がってこちらを非難しはじめた。

「こうして話をしているだけでも、こちらはだいぶあなたに譲歩しているのですよ、英鈴殿！　賢しらな真似をして、恥ずかしいとは思わないのかしらねえ！」

「私だって、困っている方を助けるのに条件などつけたくありません。でも、これから後宮に戻った後のことを考えているんです。また今までと同じように、陰口だのゴミ混入だのをされるくらいなら、私は断固としてこれ以上の協力を拒否しますよ！」

こちらも椅子から立ち上がり、顔を突きつけて睨み合う。

月倫の食いしばった歯の隙間からは、またも特徴的な臭いが漂ってきた。胃に炎症がある人間特有の口臭だ。以前は思わなかったが、彼女なりに苦労している証左だろう。

(獐牙菜の丸薬は、ずっと懐に入れているけれど。前みたいに一発、食べさせてあげようかしら……?)

二人はしばし、そのまま無言の争いを続けた。だが——

「ちっ」

やがて舌打ちと共に身を離したのは、月倫のほうだった。

「月倫様、屈するんですか!」

喜星が、不服そうな声をあげた。しかし、月倫は頭を振る。

「呂賢妃様のご病気やお薬について調べるには、専門的な知識が必要です。その点、英鈴殿は薬売りの娘なだけあって、多少は詳しいように思えますからね。ここは条件を呑み、力を借りざるを得ないでしょう」

「月倫様がそう仰るなら。確かに、平民出でありながら貴妃にまで上り詰めたのは、薬の知識があったからこそですものね!」

よく聞くと失礼な物言いで、喜星は納得したように言っている。するとそれに合わせてか、他の宮女たちも次々に口を開いた。

「まあ、英鈴殿に知識がなかったら、陛下のお気に召すはずがありませんし」

「そうですわ。品性も美貌も呂賢妃様のほうが上なのに、ここまで大きな顔ができるはずがありませんわぁ」

「せいぜい私どもと呂賢妃様のために、力を尽くしていただくとしましょう」

（……今の発言で、契約撤回できるわよね）

苛立ちを覚えるが、目の前の冷めたお茶を呷るのと同時に、ぐっとそれを呑みこむ。

「では、私に協力する代わりに今後一切、手出しをしないということで。頼みますよ」

大事なのは呂賢妃を救い、それによって朱心を助けることなのだから。

＊＊＊

昨日の薬が効いたらしく、呂賢妃の母君の体調は、それなりによくなっているようだ。

西側の窓から黄昏色の光が差し込む部屋で、まだ寝台の上ではあるものの、夫人は穏やかな面持ちで月倫たちと英鈴を迎え入れてくれた。

「奥方様。この度は私どもの失態により、お嬢様のみならず御家の方々に多大なるご迷惑をおかけし、たいへん申し訳ございません」

月倫はこの上なく礼儀正しい態度で、呂賢妃の母君に頭を垂れる。

「とりわけ奥方様におかれましては、ご心労が重なり、お倒れになられたとのこと。本来ならばお目通りすら許されぬ身ではございますが、このように拝謁と謝罪の機会を賜り、恐悦至極に存じます」

「いいのですよ、月倫。それに皆も」

夫人はやつれたままながらも、目を細めて月倫たちに告げた。

「あなたたちがあの子に精一杯の忠義を尽くしてくれているのは、理解しているつもりです。此度の件も、責められるべきは、あの子を支えられなかった私たちなのですから」

「奥方様……」

私たち、という言葉には、夫人自身と呂賢妃の父君、そして呂家の人々、という意味が含まれているのだろう——と、英鈴は思った。

一方、主の言葉に感動したように目を潤ませている月倫たちへ、夫人はさらに言う。

「陽莉の父も兄二人も、今は任地たる杏州にて陛下の次なる沙汰をお待ちしています。そして私も……あの子が本当にそのような恐ろしい真似をしたのか、まだ見極めるべき時だと思っているのです。あなたたちも、これからもどうか陽莉を見守ってやってください」

「承知いたしました!!」

一斉に声をあげ、月倫たちは床に額を擦りつける勢いで頭を下げている。

　英鈴もまた、深くお辞儀をした。すると、背後にある部屋の出入り口のところに、誰かがやって来たような気配を感じる。

「ああ、炉灰」

　と、夫人はその人物を呼んだ。振り向くと、彼の険しい視線は母君ではなく、月倫たちのほうに向けられていた。

（それはまあ……門であれだけ騒いでいた人たちが自分のお母様に会っていたら、嫌な気持ちにもなるよね）

　月倫たちもそれは承知の上なので、挑発的な態度をとることもなく、ただ静かに炉灰に礼をする。そこで夫人が、とりなすように言った。

「炉灰、月倫たちは此度の件を自分たちの責だとして、わざわざ謝罪と私の見舞いに来てくれたのです。そのように睨むものではありませんよ」

「しかし、母上」

　抑揚のない声音で、炉灰は反論する。

「いかにこの者らが詫びようと、陽莉の現状が変わるものではありません。それに、今日も禁城の門で立ち騒ぎ……」

　語りつつ部屋を見渡していた彼の視線が、ぴたりとこちらに合って止まる。それと同時に、彼は僅かに眉間に皺を寄せると、訝しげに呟く。

「そこの者、お前とは妙によく会うな。我が家に仕える侍女かと思っていたが、月倫の仲間か？」

「あぁ炉灰様、ご紹介申し上げますわ」

と、月倫がまたも頭を垂れながら、恭しく告げる。――その口の端だけは、思惑通りとばかりに上向きになっていたが。

「この者は私どもと、そして陽莉様と旧知の宮女でございます。薬売りの娘でして、今回は炉灰様にぜひご紹介したい品があるとのことで参ったのでございますわ」

「自己紹介が遅れ、申し訳ありません。董英鈴と申します」

ひょっとすると、名乗ればこちらが董貴妃であると感づかれてしまうかもしれない。まだろくに話もできていない状況で、そうなってしまうのは避けたいところなのだが――

しかし炉灰は、逆にどこか納得した様子で、眉間の皺を少し緩めた。

「なるほど。それで、昨日は医師や薬師と共に来ていたのか」

「……さようでございます」

英鈴がもう一度お辞儀をすると、炉灰は一歩、踵を返すように斜めを向いた。

「私に用があると言ったな。要件は向こうの客間で聞く。母上、くれぐれも、その者たちにお心を許されませんよう」

釘を刺すような一言と共に、彼はすたすたと向こうへ歩いていってしまった。

それを眺めつつ、呂賢妃の母君は嘆息する。

「炉灰は昔から心配性で。皆の心遣い、私は承知しておりますよ」

「いえ、奥方様！　炉灰様があのように仰せなのも、私どもの不手際があればこそで」

果てしないほどにへりくだりつつ、月倫は傍らにいる喜星にちらりと目配せをした。それに合わせて喜星、さらに他の宮女たちが、いそいそと贈り物の品を取り出す。

「ところで奥方様、こちらは此度のお詫びの印に……」

月倫たちによる贈り物のお披露目会が始まったところで、英鈴は、一礼してからそっと部屋を抜け出した。向かう先はもちろん、炉灰に指定された部屋だ。

英鈴が炉灰と話している間に、月倫たちは呂賢妃の母君に見舞いの品を渡し、そのついでに、なんとか呂賢妃本人との面会の機会を作り出す手筈なのだ。

（お互い、上手くやれるといいわね。まさか月倫殿たちに、こんなことを思う日が来るとは思っていなかったけれど）

そんなふうに思いつつ、英鈴は侍女の案内を受け、炉灰の待つ応接室へと向かう。

呂家の応接室は、一族の峻厳さを示すかのごとく硬質的で装飾の排された部屋だった。そして一歩踏み入るだけで姿勢を正したくなるような緊張感が漂っているのは、内装のせいだけではない。先に待っていた炉灰の視線が、あまりにも鋭いものだったからだ。

人払いされているのか、侍女たちは部屋までは入ってこなかった。ここにいるのは炉灰と、英鈴の二人だけである。

「そこに」

黒い革張りの大きな椅子に腰かけている炉灰は、向かい側にある同じような椅子を指して告げた。そこに座ってもよい、という意味なのだろう。英鈴は無言で頷き、腰かけた。

「それで」

こちらをじっと双眸で見据えつつ、彼は短く言った。

「要件を聞こう。紹介したい品とはなんだ」

「貴重なお時間をいただき、ありがとうございます!」

英鈴は、あえて商売人らしくにっこりと笑いかけた。当然、炉灰は応じるでもないのだが、それは織り込み済みである。

持ってきていた包みを解いて取り出したのは、平たく丸い、小さな器だ。相手の視線がその器に向いたのを確認してから、説明を始める。

「こちらは私の実家で扱っております軟膏で、『仙龍太乙膏』と申します。火傷や切り傷、虫刺されなどの様々な外傷に効果があり、たくさんの方々にご愛用いただいております！」

「……それで？」

炉灰の眉間に、また不愉快そうな皺が寄っている。構わず、英鈴は続けた。

「ついてはぜひ、将軍の麾下の方々にもお使いいただけないかと。もちろん、どこよりもお値打ち価格でご提供いたしますよ！」

「……」

炉灰は小さく鼻を鳴らした。それから、きっぱりとこちらに告げる。

「断る」

「そ、そうですか」

予測していた答え——ではあるものの、さも意外であるかのように、英鈴はわざと残念そうな声を発した。

「ちなみに、理由をお伺いしてもよろしいでしょうか」

「わからないのか？　出処の明らかでない品を使いたがる者がどこにいる」

いよいよ剣呑な雰囲気を隠さずに、炉灰は語る。

「ましてや薬は、使い方を誤れば身体(からだ)にとって毒にすらなり得るもの。我が配下の将兵らに、素性の明らかでない者が持って寄越したものを使わせるはずなどない」

彼は小さくため息を吐いた。

「話は以上か？　ならば……」

「いいえ！」

英鈴はそこで、初めて商売人としてではなく、薬童代理としてきっぱりと言葉を発す。

「将軍のお考え、至極ごもっともと存じます。しかしながら、実のところお尋ねしたいのは、こちらの薬についてなのです」

懐から取り出したのは、薬包紙で作られた袋。そこから白い結晶のような薬をさらに手のひらの上に転がしてみせると、炉灰は表情を変えた。

軽く目を見開いている彼に対して、間髪を容(い)れずに本題に入る。

「出処の明らかでない品を使いたがる者はいない、と仰せでしたね。ではお聞きします。妹君、呂賢妃様がお持ちだった、この薬の出処はどちらなのでしょうか？」

そう、これまでの無益な商談はすべて、この薬の話を持ち出すため。

炉灰の武人としての考え方を知り、また油断を誘うためにも、最初はくだらない訪問販売のフリをしたのである。

（さっき、私が軟膏を勧めた時……炉灰殿は、配下の人々を気遣っていた。この人は冷酷であっても、少なくとも、何もかもに無関心な人物じゃない）

ならば、いくらでも話しようはある。そう思ったからこそ、こうして舌下仙薬の話を切り出したのだ。そしてさらに、英鈴は踏み込んだ質問をした。

「そもそも将軍はこちらのお薬を、陛下から賜ったというように仰っていたかと存じます。恐れながら、それは真実でしょうか？　この薬は心臓の病への効能を持ちますが、呂賢妃様は、心臓病であるという診察を受けておいでなのですか」

「……董英鈴、と言ったか」

僅かな驚きを掻き消して、冷厳なる武官の面持ちに戻った炉灰は、淡々と答える。

「私は誰に対してであれ、陛下の名を欺きで持ち出しなどしない。また、陛下から賜ったものを疑うなど、誰であろうと許されない。平民であろうと、武官であろうと、だ」

つまり、舌下仙薬は確かに朱心から賜ったものなのだと――そう語りながら、彼の纏う空気が変化していく。思わずこちらを慄然とさせるような、生き物としての身の危険を感じさせるような、恐ろしげなものに。

「お前に、陛下の名を疑う権限があるとでもいうのか？」

「……いいえ」

ゆっくりと頭を横に振る。だがその動きすら、まるで全力疾走のように辛かった。すさまじい威圧感を前に、心臓が早鐘のように打っているからだ。

（怯んじゃ駄目だ……！）

自分を鼓舞しながら、英鈴は炉灰から目を逸らさない。するとこちらを見据える彼の瞳に、ほんの少しではあるが、怒りではなく興味の色が宿る。

「殺気を受けてなお、視線を外そうとしないとは。ただの商人の娘ではないな」

これまでと同じく抑揚なく、彼は言う。だがその分、この言葉は嘘ではないのだろう。

「……ありがとうございます」

（背中の冷や汗はすごいことになっているけれど）

英鈴が端的に礼を告げると、炉灰はまた訝しげな面持ちになった。

「本当に何者だ？　……いや。お前の顔、どこかで見た覚えがある」

記憶を辿るように眉を顰めている炉灰を前に、初めて英鈴はぎくっとした。

（そうか……！　華州や禁城を守る偉い武官様なら、今までに貴妃としての私に会ったことがあってもおかしくないのよね）

とはいえ、今さら引き返せはしない。こちらから正体を明かすか、それとも何か上手い言い訳でも考えるか。僅かに逡巡するのも束の間、先に口を開いたのは将軍のほうだった。

「そうか。董という姓で理解した。冬大祭などの折に、遠目だが幾度か拝謁している。あなたは董貴妃様、ですね」

（わっ、本当に当てられた！）

　こちらが後宮の妃だとわかったからなのか、炉灰の言葉遣いは少し丁寧になっている。

　しかしそれを考慮する暇はない、こちらは頬にまで冷や汗が垂れてしまっているのだ。

　だがやはり、引き返せはしない。精一杯の虚勢と共に、英鈴は首肯した。

「ええ、その通りです。私は後宮にて、貴妃の座にありました」

「……ならば、その胆力も頷けるというもの」

　呟くように言った炉灰は、どこか得心がいった、といった雰囲気だった。

　しかし、それも僅かな時間のこと。彼は再び、威圧的な眼差しと共に口を開く。

「では、董貴妃様。あなたは今、神殿で幽閉の身となっているはず。なぜここへ？」

「私の父母とその店で働く人々、そして呂賢妃様をお救いすることで、陛下をもお助けするためです」

　淀みなく、英鈴は本心を答える。だが、炉灰の警戒が解かれはしない。

「なぜ、あなたの実家や私の妹を救うことが、陛下に繋がるのですか。そもそも『救う』

とは……まるで、両者ともに冤罪だという仰りようですが」

「ええ、その通り。私の実家の人々も、妹君も、濡れ衣を着せられているにすぎません。真犯人は別にいるのです。そして私の見立てが確かなら、戴龍儀を失敗させた者もまた、その犯人と同じ人物。後宮を瓦解させ、ひいては陛下を廃位させるための企てです」

炉灰は、さらに訝しげに眉を顰めた。

それから、左腰――装備している剣の柄に、ゆっくりと手をかけている。

「あなたの言うことが正しいとして」

彼はなおも淡々と語った。

「この旺華国を陥れるための恐るべき企てがなおも見過ごされているというならば、私は陛下の剣として、なすべきをなさねばなりません。ですが、一つ問いたい」

「なんでしょうか」

さすがに、剣に手が置かれているのが気になる――などと、ちらりと考えたその刹那。

次に英鈴の視界に映ったのは、眼前でぴたりと止まっている、刃の切っ先だった。

音もなく炉灰が抜き放った白刃が、すぐ近くにまで振るわれていたのだ。

一本だけ切られた前髪が、鼻先を掠めて床に落ちていく。

（こ、こ、怖……）

じわりと生理的な涙が滲みそうになるが、それを無視して、炉灰は問うた。

「あなたは、単に己が身を救うために、我が妹に近づいているだけではないのですか？」

「え……？」

質問の意味がわからず、つい間抜けな声が出てしまう。だが炉灰はさらに尋ねてくる。

「妹は呂家の末席に座す者とはいえ、それなりの権力を持っている。あの者の窮状を救えば、あなたの実家の罪科も、多少は軽減されるかもしれない」

彼が何を言いたいのか、だんだんわかってきた。そう思うと、剣を突きつけられている恐怖よりも、正しいことを伝えなければという使命感のほうが勝ってくる。

そして、炉灰は続きを言った。

「あなたは保身のために、妹に近づきたいと考え……そのために、ありもしない企てがあると騒ぎ立てているだけではありませんか。是か非か、はっきりと答えていただきたい」

そう語った彼は切っ先を、こちらの鼻先ぎりぎりにまで近づけてくる。

「あなたは既に追放処分を受けている身。返答次第では、私はあなたを慮外者として、ここで斬り捨てることもできるのだが」

「わかりました……それでは」

炉灰の言葉は、脅しではない。もし自分が呂賢妃を利用しようとしているだけだと判断されたなら、彼は躊躇わずに、この剣を振るうのだろう。

けれど、英鈴もまた躊躇うことなく、彼に答えた。

「非、です。私は保身のために呂賢妃様に近づいているわけではありません。確かにあの方をお救いすれば、私の父母や店の皆も助かるかもしれませんが、それが私の真の願いではないからです」

「真の願い、とは」

「先ほど申し上げた通り、私は陛下をお助けし、この国そのものの将来を守りたい。それだけが私の願いです。それにこれは妹君の名誉と、健康のためでもあります」

こちらがそう告げると、なんとも意外なことに――炉灰は、はっと何かに気づいたかのような面持ちになった。その表情から険がなくなっていき、まるで、こちらの言葉にじっと耳を傾けるような態度になっている。

（どうしたのかしら……？）

気にはなるが、戸惑ってばかりではいられない。英鈴はすべてを語った。

「あなたが陛下から賜ったと仰るこの薬、舌下仙薬は、呂賢妃様の体質に合っていないと思われます。そもそも月倫殿たちは、妹君は後宮にいる間、心臓の病など患ってはおられないと話していました」

「妹君が、なぜ冤罪を自ら受け入れておられるのか……それはまだわかりません。しかし妹君の病状と、この薬とを放置していれば、いずれ濡れ衣云々以前に、健康を損なう結果になるかもしれません。ですから、妹君の名誉と健康のために、私はここに来たのです」

語り終え、英鈴は口を噤んだ。あまりの状況に呼吸が荒くなり、胸が激しく上下しているのが、自分でもわかる。一方で炉灰はといえば、彼もしばし何も言わなかった。

ただこちらの言葉を咀嚼するかのように、じっと剣の切っ先を見つめている。

「……」

そして――無言のままに、剣を引いて鞘に納めた。

（こ、怖かった……！）

瞬間、どっと疲れが押し寄せてくる。けれど、まだ警戒を解くことはできない。

硬直した姿勢のままでこちらが身構えていると、炉灰は、静かに頭を垂れた。

「……董貴妃様。数々の無礼、どうかお許しください」

「え？」

「私にはどうしようもない事柄でも……あなたならば、あるいは」

ぼそりと独り言を呟くように、彼は言った。けれど聞き返すよりも早く、彼は立ち上がると、部屋の隅に置かれている黒漆塗りの立派な書庫へと歩み寄った。

そして、一枚の書簡らしき紙を取り出し、こちらへと差し出す。

（ええと……）

受け取っていいものなのかどうか、こちらが逡巡していると、炉灰は語りだした。

「これは妹が後宮を追放された翌日の朝、陛下より賜った勅書です。妹が戻ってきた時、母が心労で倒れ……その際、妹も突然倒れた。激しい呼吸、胸と腹の痛みを訴えて」

――呂賢妃が倒れた、という話を聞くのはこれで二度目になるけれど、症状を知ったのは初めてだ。

（どうやら、この前の症状と同じようね）

そう考えている間に、書簡を差し出す手はそのままに、相手はさらに述べる。

「妹のことは、翌朝早くに医師に診せるつもりでおりました。だがそれよりも早くに、この勅書が届いたのです。あなたにも読んでいただきたい」

「わ、わかりました」

英鈴は受け取った紙を開き、中に目を通した。

（ええと、なんですって。『呂賢妃は後宮にいた頃から心臓の病を抱えていた』？　こんなの、絶対に嘘じゃない）

さらにその『勅書』は、こんなふうに続いていた。

『ついては、呂賢妃の病への特効薬として、新しく開発された舌下仙薬を贈る。発作が起き次第、必ず飲ませるように。大逆を犯せし者といえど、余はその命が濫りに失われるを望まず。壮健であれ　丁朱心』

（内容自体は、陛下が仰ってもおかしくないことではある。でも……）

「二つ、おかしな点がありますね」

書簡に目を向けたまま、英鈴は端的に述べた。

「第一に、先ほども申し上げたように、呂賢妃様は後宮にいる間に、心臓の病になど罹っていないという点。第二に、患者たる呂賢妃様当人を診察することなしに、薬が処方されている点です」

視線を上げると、炉灰は黙ってこちらの言葉を聞いている。

「将軍が仰っていた通り、どんな薬も、使い方を誤ったり体質に合わなかったりすれば、毒となり得ます。この書簡が本当に陛下からのものであるならば、陛下は呂賢妃様を医師や薬師に診せずに、舌下仙薬を下賜したことになる。私の知る陛下とは異なります」

「では、この勅書は偽造されたものだと？　陛下の御名を騙り、印章を偽造する行為は、即刻処断となる重罪だが」

「ええ……そうですよね」

語りつつ、英鈴は書簡の末尾に視線を送った。

(そうか、本物の勅書なら、必ず最後に陛下の玉璽が押されている。それも偽造されているはずなのね)

そこまで見ていなかった、などと思いつつ、印章を見やると。

「ん……?」

目を瞬かせ、もう一度、じっと印章を見つめる。

天に昇りゆく龍と「受命於天、既寿永昌」という文章が組み合わさった形のその意匠は、確かに陛下の玉璽と同じもののように思える。

けれどその印章が押されている箇所、ちょうど龍がいる部分の紙の表面に、うっすらと何かが書かれている。目を凝らさないと見えない程度ではあっても、決して見間違いではないと断言できるような線で。

(三角形、いや、これは五芒星)

——認識した瞬間、これまでにない寒気が、つま先から脳天までを駆け抜けた。

この五芒星には、そしてその使われ方には、見覚えがある。

「これは、花神の……」

口から出るのは震え声だった。しかし炉灰に伝えるために、なんとか言葉を絞り出す。

「この五芒星の意匠は、暗殺者集団の花神のものと同じです！　表す意味は『相克』……龍神の名代である陛下に叛逆するという、宣戦布告に違いありません」

「何っ⁉」

事態の急変を察知して近寄ってきた炉灰に、書簡を手渡す。そうしながら、頭の中を駆け巡るのは、去年の秋の出来事だった。

花神の首魁・劉紫丹が引き起こした、一連の暗殺未遂事件。菓子に仕込まれた馬銭子の毒に端を発したそれは、見慣れぬ意匠を施した薬包紙と共に、後宮をさんざん掻き回した。

（私の実力を試すために、紫丹がわざと残した手がかりは二つ。自分が使った毒を示す五角形の「相生」、そして毒に対抗する術を示した五芒星の「相克」……これらの図形と花の絵で、花神たちは自分たちが使う毒をひけらかしていたわけだけど）

今回の場合は、龍に五芒星が組み合わさっている。ゆえに龍に相克する、すなわち龍神の名代たる朱心に叛逆するという意図を示していることになるのだ。

（勅書の偽造が死罪だなんて当然わかっていて、あえてやっているのね。そして、これができる人間がいるのならば）

あの日、壊滅したと思っていた花神の残党が、まだ生きている。

そしてその残党は、朱心とこの国への復讐を企てているのだ。つまり――

「お父様やお母様、お店のみんな……そして呂賢妃様を陥れたのも。陛下の儀式を邪魔したのも……花神の仕業だっていうの？」

自ら口に出したのに、ぞくりと震えてしまう。けれど、そうとしか思えない。

古くから後宮に入り込み、時には毒見すらすり抜けて暗殺業を「売り捌いて」いた彼らだ。董大薬店はもちろん、呂賢妃の庭に潜り込み、蠱術の痕跡を残していくのも――玉泉の湯と灰汁混じりの湯をすり替えるのも、簡単なはずである。

「炉灰殿!!」

書簡に再び目を通しやや青ざめている炉灰に対して、英鈴はこれまでの推理を語った。

禁城と華州の守護を職務とする彼は、当然、花神についてよく知っていた。

「この手紙が、陛下からだと偽った花神が書いたものなら」

思わずぎゅっと己の拳を握り締めつつ、英鈴は告げる。

「舌下仙薬もまた、彼らからのものです。もしかするとこの薬で、呂賢妃様のお命を狙っているのかも」

こちらがそう言い終えた、その瞬間。無言のまま、炉灰は応接室を飛び出していった。

「ろ、炉灰殿!?」

つい驚いてしまうものの、英鈴も慌ててその後を追う。彼はすさまじい勢いで、東の離れ——つまり、呂賢妃の幽閉先へと向かっている。

英鈴が離れに駆けつけた時、既に炉灰は扉を開けて、部屋の中へ踏み入っていた。

日はとっぷりと暮れ、灯りもない室内は暗くてこちらからはよく見えない。けれど、長椅子の上で顔をあげる影はよく見えた。——呂賢妃だ。彼女はまだ、無事である。

「陽莉！」

いつになく緊迫した声音で炉灰が妹を呼ぶ中、英鈴は素早く、近くにあった燭台に火を灯した。ぼんやりした灯りが照らす中、まるで冷水を突然浴びせられた猫のような面持ちで、兄を見つめている呂賢妃が見える。

恐らくは、それにほっとしたのだろう。炉灰は先ほどまでの表情から一転、これまでのような無表情に戻ると、独り言ちるようにぽつりと漏らした。

「……生きていたか」

「に、兄様」

かたや呂賢妃は、大きく目を見開いたまま、声を震わせる。

「どういう意味。私が、まだ自害していない……と言いたいの？」

「……！」

英鈴は、素早く視線を床に向けた。昨日、炉灰が投げて寄越したあの短剣が——今もまだ、同じ場所に落ちている。

（いけない！）

反射的に、英鈴は呂賢妃の近くに駆け寄った。

これまでの会話を知っていれば、炉灰が決して妹が生きているのに落胆したわけではないと理解できる。

けれど事情を知らない呂賢妃が、誤解してしまうのもまた無理からぬ話だ。

（落ち着いてもらって、ちゃんと説明しないと！）

そう思ったのだが、時すでに遅し。

「うぅっ……！」

瞬間、呂賢妃はその場に頽れる。腹部を押さえ、そして激しい呼吸と共に、彼女は苦しそうに床に転がった。

「う、あっ……はあっ、はっ……！」

「呂賢妃様、しっかりしてください！」

なんとか近くに行き、密かに歯嚙みする。

（こうなると見越して、薬を用意してくるべきだった……！）

だが、後悔したところでもう遅い。せめてもの処置をと彼女の背に手を伸ばし、撫(な)でながら声をかけた。

「呂賢妃様、ゆっくりと息をしてください。浅い呼吸では、余計に苦しいですよ」

「……！　うるさい！」

「わっ」

衝撃を感じ、尻餅をつく。苛立(いらだ)ち紛れに、呂賢妃がこちらを突き飛ばしたのだ。

――僅かに触れた彼女の手は、じっとりと汗ばんでいた。

そんなことを思った時、呂賢妃は息も絶え絶えながら自分の胸を押さえ、真っ赤な顔でこちらを睨(ね)めつけて、言葉を絞りだす。

「わ、私に……あの薬を、飲めと……言うつもりでしょう。でも、私……私は、もう」

そこで一息ついてから、彼女は華奢(きゃしゃ)な身体(からだ)を震わせて、精一杯の声を張り上げる。

「私はもう、誰の……言いなりにも、ならない。もう私を、放っておいて！」

その絶叫は、部屋全体に響き渡り、そして消えていった。滅多なことでは声を荒らげない、いつも葉擦れのような声音で語る呂賢妃の、心からの叫びだった。

「陽莉……」

何も言えない英鈴と同様、兄たる炉灰もまた、どこか呆然(ぼうぜん)としている。

すると、外から廊下を駆けてくる、どたどたという足音がいくつも近づいてきた。

果たして現れたのは月倫たち、そして寝台を抜け出してきた母君だ。

どうやら、騒ぎを聞きつけた様子である。

「呂賢妃様っ！」

主の姿を部屋に認めた月倫は、涙目になりながらも、安堵の笑みを浮かべて言った。

「呂賢妃様、なんとおいたわしい！　しかしこれよりは、私どもがお傍についております。きっとすぐにご病気も癒え、無事に後宮にお戻りになれますよ！」

その言葉が純粋な忠義心からのものであると、英鈴は知っている。

けれど彼女らの語りかけすら、今の呂賢妃には——

「黙って！」

肩で息をしながら、ふらふらと、呂賢妃は立ち上がる。主君から放たれた強い言葉に、月倫たちは目を白黒させている。

だが、呂賢妃の行動は速かった。彼女はまるで倒れ込むようにしてではあるが、驚くような速度で床に手を伸ばしたのだ。そしてその手に握られたのは、例の短剣。

「だ、駄目！」

咄嗟に英鈴は手を伸ばすが、届かない。鞘から抜き放った白刃を、呂賢妃は、自分の喉元に突きつける。

「――帰って！」

嵐の海に放り出された人間が、波間に顔を出した瞬間に発しているような凄惨な声で、彼女は周りの人間全員に警告する。

「このまま帰って、私を……放っておいて。でなければ、この、剣で……私は死ぬ」

「陽莉、そんなっ！」

奥方が、真っ青な顔で呼びかける。

「お願いだから、そんな剣は捨てて！　危ないことをしないで」

「……母様は、知らないのね。この剣は、兄様から貰ったのに」

せせら笑うように、呂賢妃は言う。一方、炉灰の表情が一段と強張ったのが、こちらからははっきりと見えた。

「そう、ね……兄様は、私が死んだほうが嬉しいのだろうけれど。でも……はぁっ、残念だとも思うのかしら。私が死んだら、後宮に送れる人間がいなくなるもの」

「違う」

その時、炉灰の唇から漏れた一言は――ひどく弱々しい響きを伴っていた。

「違う、私は……そんなつもりで、お前に」

「うるさいって言っているでしょう!!」

また叫び、そして、呂賢妃はさらに喉に剣を近づける。

「全員、ここからいなくなって。はぁっ、はあ……私を、一人にして！」

「呂賢妃様ぁっ……！」

ほとんど足を縺(もつ)れさせながら、最初に部屋を飛び出していったのは喜星だった。そして月倫も、母君も、炉灰も、英鈴ですらも――それ以上、呂賢妃に近づけはしなかった。

「……」

最後に部屋を出たのは、英鈴だった。振り向きざまに見た呂賢妃の呼吸が、落ち着きはじめているのを遠目に確認してから、扉を閉ざす。

残されたのは、深い焦燥感と徒労感だけだった。

――二度目の戴龍儀が行われるのは、明朝だ。

第四章　英鈴、背水の陣を敷くこと

月が天に昇り、辺りを照らす。珍しく空に雲はないものの、気持ちが晴れはしない。

（……やっぱり、何もないわよね）

平民の住宅が並ぶ通りの片隅に、ぽつりと存在する廃屋。かつて「仁劉医院」の看板が掲げられていた場所に佇み、ふとため息を吐いた。

結局あの後、呂賢妃のもとにもう一度行くのは叶わなかった。

一人にしておいてくれないなら死ぬ、とまで言っており、しかも発作の症状まで出ている彼女の近くに強引に行くことは、月倫たちにも、また呂家の奥方や炉灰にもできなかったのだ。どうやら皆が出て行った後、彼女の容態は落ち着いたようだが、いつまたあの発作が出るか定かではない。

一方で、進展がなかったわけではない。炉灰が偽の勅書について速やかに禁城に報告したことで、花神が事件に関与している可能性を皆が知るようになったのだ。

呂家の邸宅の警備は固められ、今、呂賢妃は離れで安全に過ごしている。

そして朱心のもとにも、今日の出来事は報告されたそうで——

(これで戴龍儀についても、呂賢妃様の現状も、陛下にお伝えできた)

一番大切なことは、これでなんとかなりそうだ。そう思うと、ほんの少しだけ肩の荷が下りたような気持ちになる。

後は呂賢妃の胸の内を解き明かし、自分の家族共々、冤罪を晴らすのみ。

(それに花神の企みを止めるために、私にできることはないか考えなくては)

英鈴がこの場所にやってきたのも、花神に関する手がかりが残ってはいないかと思ったからだ。かつてここには、花神の首魁であった劉紫丹が、市井に紛れるための隠れ蓑として開設していた医院があった。

親切な町医者として近所で有名だった紫丹が、残忍な暗殺者であるとは、誰も思わなかっただろう。花神が壊滅した後、この医院もまた徹底的に調べられ、それからここは誰も住まない廃屋と化したのだ。

覗いてみても、あるのはがらんとした部屋と壊れた窓、壁際に押しやられた机などの家具ばかりだった。

(花神は、きっと偽勅書にわざと五芒星を残したのよね。でなければ、誰も自分たちの仕

業だと思ってくれないだろうから）

以前の事件と同様に、挑発的な態度を取っている花神たちならば、あるいはこの廃屋にも何か手がかりめいたものを残しているのではないかと思った。

けれどもどうやら、甘い考えだったらしい。

（……帰ろう）

もう一度嘆息してから、英鈴は踵を返す。

拠点に戻ったら、もう一度状況を整理してみよう。

そういう思いで、英鈴は夜の通りを歩く。もうそれなりの時間とあって、家々に灯りはついているものの、外を出歩く人の姿はない。自分の足音だけが、耳に届いた。

（急がなきゃ。ここの治安は悪くないはずだけど……花神が相手なら、警戒はいくらしても足りないくらいだろうし）

自然と足早になりながら、帰路を急ぐ。だがそこで、背後から微かに物音が聞こえた。

車輪が砂利を踏んで出す音――馬車が停まる音と、馬の漏らす微かな鼻息の音も。

（だ、誰？）

こんな夜更けの住宅街を、馬車で通ろうとする人はそう多くない。ひょっとして花神か、または人攫いか。緊迫と共に振り返った英鈴の視線の先には、ある人物の姿があった。

「な……」

我知らず、呆(ほう)けた声が出る。

ちょうど馬車から降りてきたばかりのその人物は月明かりの下、眩(まばゆ)いばかりに煌(きら)めく白い上衣を纏(まと)っていた。黒く長い髪、そして外出用の白い襟巻を夜風になびかせ、こちらを黙って見つめている。

神話の女仙のごとき麗しきかんばせは、目と目が合った瞬間に、ふわりとほころんだ。

間違いない、あれは——

「陛下……!?」

「静かにせよ」

思わず駆け寄り、礼をした英鈴に対して、その人物、つまり朱心は、そっと己の唇に人差し指を添えた。

「ここは多くの民が住まう場所、騒ぎになってはまずい」

「は、はい」

確かにその通りだ、とこちらが口を噤(つぐ)むと、朱心はニヤリと笑う。

「しかし月夜とはいえ、女性の一人歩きは危なかろう」

そう語りつつ、朱心は視線を彼が乗っていた馬車に向けた。その馬車は皇帝が使うものとしては小ぢんまりとしている。よくよく見れば、御者をしているのは燕志である。

「どうだ、よければ余の馬車に乗らぬか。そなたの家の近くまで送ってやろう」

「え？　え、ええと……？」

なんと答えていいかわからずに、英鈴はしばし戸惑った。

陛下の誘いは、純粋に嬉しい。けれどなんだか、この状況は妙ではないだろうか。

（もっとこう、再会したなら、違うことをお話しされるものだと思っていたんだけれど。状況はどうかとか、冤罪は晴らせそうかとか……）

肩透かしを食ったような気分になって、つい呆気にとられてしまう。

「どうした？」

と、朱心が口を開く。声音は「表」の温厚な皇帝陛下としてのものだが、その眉は訝しげに顰められている。

「歩いて帰る気分だというのなら、そなたの意向を尊重するが」

そう言いつつ、目つきは「早く乗れ」と言いたげだ。

（……いつもの陛下だ！）

なんだか納得したような気持ちになって、英鈴は拱手した。

「畏れ多いお誘い、感謝申し上げます。それでは、お言葉に甘えて」

御者台から降りてきた燕志がそっと手を差し伸べ、馬車に乗る手伝いをしてくれた。中に乗り込むとすぐに朱心が隣に座り、やがて、馬車はゆっくりと夜の道を進みはじめる。

「……」

ふわりと鼻腔を擽るのは、麝香——陛下の居室、臥龍殿に焚きしめられている芳香だ。

そう、すぐ隣に朱心がいる。たった数日離れていた間、何度も心の内で願った状況になったのだ。なのにいざそうなってみると、どういうわけか沈黙が続いてしまう。

(ええと、な、何から話せばいいんだっけ……！)

妙にどきどきしてしまうのは、朱心も前を向いて無言のままだからなのか、久しぶりだからなのか、状況がいつもと違うからなのか。

(でも儀式は明日だし、花神のこともあるし！　どぎまぎしたまま家に着いてしまってそのまま別れる、なんてなったらなんの意味もないじゃない)

よし、と胸の内で気合を入れてから、英鈴は傍らの朱心に向かって口を開いた。

「あの、陛下。お身体の具合はいかがですか。この前は、神殿から脱出する方法について教えてくださって……私を信じてくださって、ありがとうございます。お蔭様で」

「待て、娘子よ」

こちらの言葉を遮るように軽く片手を突き出して、朱心は言う。

「何を言っているのか、よくわからんな。その物言いでは、まるでお前自身が董貴妃であるかのようだが……かの者は今、神殿で一心に祈りを捧げている最中だと聞いている。お前が董貴妃であるはずがないのだが」

「は……!?」

ついぽかんと口を開けてしまうと、朱心は堪え切れないといった様子でクッと笑い声を漏らした。それを見て、ようやく英鈴は理解する。

（なるほどね。立場上、貴妃が勝手に神殿を抜け出しているというのは本来見過ごせないから……すっとぼけている、ってわけね！）

ここまで妙に他人行儀だった理由もわかるというものだ。相手がそういうつもりなら、合わせるしかない。英鈴はおほんと咳払いをしてから、静かに語りだす。

「……失礼しました。ともかく、陛下の恩寵溢れるお計らいのお蔭で、私はこうして無事に過ごしております」

「うむ、それは重畳」

腕組みして、朱心は視線を前に向けたまま頷いた。それでいい、とその面持ちが語っている。なので、こちらはさらに言葉を続けた。

「その、恐れながら、陛下はなぜここまでいらっしゃったのですか」

「無論、明朝の儀式の下見だ。二度目の戴龍儀こそは、必ずや成功させなければならぬ」

静かにそう告げた朱心は、そこで、切り替えるように語調を明るくして言った。

「とはいえ、私の配下には優秀な者が多い。なぜ前回は転色水が青緑色になったのか、此度はどうすれば防げるかは、既に明らかになっている」

「！」

どうやら緑風は、確かに伝えてくれていたようだ。

「それはよかったです！　……あっ、つまり、ぜひ戴龍儀が成功すればよいと思っていたものですから」

「うむ。誰かは知らぬが、からくりを解き明かした者には『大儀であった』と言うしかあるまい。『期待通りの働きだった』とな」

「……」

これは、自分に向けられた言葉だと思っていいのだろう。

「恐れ入ります。と、その人は申し上げるでしょうね」

「そうだな。例の薬……あの焼き菓子の上にのせられた、膠飴で包まれた棗のこともある」

英鈴がはっとすると、と朱心は小さく笑い声を漏らした。

「いかなる状況においても、不苦の良薬を追い求める己の心が変わることはないと……その者は伝えたかったのだろう。フッ、そうでなくてはな」

「……はい」

なんて遠回しな称賛だろう。いつものことなのかもしれないけれども。

（でもやっぱり、嬉しい）

ふわふわした甘い気持ちが胸一杯に広がりそうになり、しかし、慌てて首を横に振る。

（ああ、駄目駄目。それより、大事な話をしないと）

「あの、陛下。それで、呂賢妃様についてと……例の、偽の勅書の件は」

「案ずるな。そちらも、報告は受けている」

表情を真面目なものに戻して、朱心は言った。

「此度の件に関わっているのが花神なら、考え得る限りの警戒をせねばならぬ。花神の首魁たる劉紫丹の亡骸は、結局見つかってはおらんからな」

「あっ！」

思い出した。確かにその通り——あの夜、燃え尽きた小屋の残骸から、紫丹の遺体が発見されることはなかったのだ。

（つまり残党どころか、あの人本人が、陛下と呂家への復讐を企てているのかもしれな

いってことね)

優しい医師の仮面を被りながら、恐ろしい内面を微塵も躊躇わずにさらけ出してくる、あの異様さ。英鈴を攫い、自分たちの血族の『品種改良』に使おうとした無慈悲な振る舞い。記憶を呼び起こすだけでも怖気が走る。

「とはいえ」

その時、初めて朱心はこちらを向く。

「言っただろう、私の配下には優秀な者が多い。前時代の遺物の残り香程度、いずれすぐに掻き消せよう。夜道を行くお前の警護も、最大限にさせている」

英鈴の護衛も密かにつけてくれている、ということだろうか。

「あ、ありがとうございます」

「この国を差配する者として当然の行いだ。それより、問題なのは人の心のほうだな」

人の心——それはつまり。

「呂賢妃様の心、ですか」

「そうだ。いかに力があろうと、人の心までは支配できぬ」

と、彼はこちらを見据える視線に、試すような色を入り混じらせる。

「娘子、お前は昨日今日と、呂家を訪れたそうだな。かの者の状態をお前はどう見る?」

「はい、私は……」

一度目を閉じ、考えを纏めてから、英鈴は語りだした。

「やはり呂賢妃様は、冤罪であると考えます。なぜあの方が罪を認めていらっしゃるのか、確証があるわけではありませんが」

姉を喪ってすぐに定められた、後宮の妃としての将来。

後宮を訪れてすぐに、悪意によって奪われた友の命。さらに、かつて狙われた自分の命。

そして、今日見せた彼女の自暴自棄な態度。

「恐らく、今までに起こった悲しい出来事……喪失を慰めるだけの時間もないまま、このような事件が起きてしまったからではないでしょうか」

ただでさえ辛いことばかり起こっているところに、冤罪という形で人の悪意を受けてしまったなら、もう何もかもどうでもよくなってしまうかもしれない。

英鈴にもそんな時があった。幾度も心が折れそうになったけれど、それでも立ち上がる理由があったから、今こうして生きている。

(でももし呂賢妃様に、また前を向く力が残っていなかったなら)

否、前を向く理由すらなかったのなら――彼女が自らの消極的な死を望んだとしても、おかしくはないのだ。

静かにこちらの話に耳を傾けた後、朱心は短く相槌を打った。

「喪失か。悪意渦巻く後宮には、まさに付き物だとも言えるが……しかし別離の苦しみほど、簡単に癒えぬものはあるまい」

語る彼の面持ちは、どこまでも深刻だ。

(陛下はきっと、ご自身と重ねておいでなのね)

雪の中、亡き母君の墓で祈る彼の姿を思い出す。そうする間に、さらに朱心は言った。

「別離の苦しみ、悲しみというものは、いつまでも心にこびりつく。何をしていても、常に頭に纏わりつき……心の内に、澱とも呼ぶべき濁りを積もらせていくのだ」

英鈴もまた、視線を床に落として口を開く。

「……わかるように思います。私も弟を亡くした時に、そんな気持ちになりましたから」

本を読んでいる時、眠る前、食事をしている時——ふと、亡くした弟を思い出してしまう。その経験は、身に覚えがある。

(あの子はいなくなってしまったのに、なぜ私はこんなことをしているの？　なんて、急に思ったりして。まさに澱みたいに、消えない悲しみが心の奥底に積もっていくのよね)

——陛下もきっと、そうだったのだろう。

過去を思い出すこちらの耳に、さらに朱心の言葉が届く。

「それを癒す術は、他者にはない。己の心持ちにあると言えるだろう」

「心持ち、ですか」

「ああ。生き残った自分が、この世に何を遺せるか……否、遺してみせるという覚悟だ」

普段の皮肉げな態度はなりを潜め、聡明な君主として、彼は語った。

「己は何を為せるのかを知ること。そして為すまでの道程の中で、己もまたこの世の一部なのだという確かな感触を得ること。それがなくては、人の心など嵐の海に揺蕩う小舟のようなもの。降り積もった悲しみが弾け、心は容易く壊れてしまうだろう」

「……」

無言のままだが、英鈴は深く頷いた。

そう、自分もそうだった。もう二度と弟のような人を出したくないという想い、少しでも飲みやすい薬の服用法を広めたいという想いが、ここまで自分を突き動かしてくれた。

もしその道標すらなければ、今も自分の心は、喪失の悲しみに溺れていたはずだ。

(呂賢妃様にとって、道標たりうるものはあるのかしら)

――そんなもの、他人である自分にはわかるはずもない。それに、気安くわかったと言うべき事柄でもない。

（でも、あの方の苦しみをもし、今までに誰も受け止め切れていなかったのなら）

まずは、その悲しみを吐き出してもらうだけでも、意味はあるはずだ。

「何か得心がいったか？」

急に横から声をかけられて、はっと顔を上げる。いつの間にやら、頬杖をついた朱心が
ニヤニヤとこちらを眺めていたのだ。

「あいかわらず、ころころと表情がよく変わるものだ。無聊を慰めるのには事欠かぬな」

「おや、陛下は私をよくご存じでないはず。『あいかわらず』とは妙ですね」

言い返してみれば、朱心は酷薄な笑みを浮かべる。

「この私に向かって口答えとは、なかなか見上げた根性だ。後宮に戻った暁には、またき
りきりと働いてもらわねばな。董貴妃に」

「は、はあ」

（こういうところこそ、「あいかわらず」よね）

そう思いつつ、窓の外に視線を送る。どうやら、董大薬店まではあと少しのようだ。

「ともあれ」

と、朱心が改まった様子で語る。

「呂賢妃については、お前に一任しよう。あいにく私は、明日を控える身だ。そもそも後

宮の妃嬪の世話程度、できねば後宮の薬師とは呼べまい。期待している」

「は、はい！」

慌てて拱手し、英鈴は一礼した。

「呂賢妃様のご病気も併せて、なんとか方策を考えてみます。そして必ず共に、無事に後宮に戻ってみせます！」

「それでいい」

小さく、そして鷹揚に、朱心は頷いた。

その時、車輪の軋む音と共に馬車が停まる。ついに店の近くに着いたようだ。

（あ……もう、降りなきゃいけないのね）

必要な会話をしたら、それで時間が尽きてしまった。本当はもっと、ずっと、近くにいられたらよかったのに。そんな浮ついた考えが頭を過ぎって、急いで振り払う。

今は、こんなことを考えている場合ではないのだ。

（呂賢妃様の命と心を救う、不苦の良薬。期待に応えるためにも、必ず考案しないと！）

決意し、それから、英鈴はもう一度お辞儀をした。

「陛下、では私はこれにて失礼いたします。陛下もどうぞ、お身体にお気をつけて」

「待て」

邪魔にならないようにすぐに立ち去ろうと思ったのに、朱心の一言に止められる。

なんだろう——？　と彼のほうを向き、じっと次の言葉を待っていると。

不意に伸びてきた朱心の手が、英鈴の右手をそっと取った。

そしてそのまま、右手は朱心の頬へと押しつけられる。

「えっ……？」

夜風で冷たくなっていた手が、朱心の頬の温もりに染まっていく。

英鈴は何も言えないまま、じんわりと熱くなっていく自分の手を感じていた。感じながら、眼前で両目を閉じた朱心の、長い睫毛をぼんやり眺めていた。

（陛下、どうしてしまったんだろう……？）

白く長い朱心の指先が、摑んだ英鈴の手首を、そっと撫でる。まるで別れを、惜しんでいるかのように。温もりを確かめているかのように——

「あ、あの」

「フッ」

たまらずにこちらから声をかけると、瞼を開けた朱心は、自嘲するかのように鼻を鳴らした。それから素早く英鈴の手を離すと、何ごともなかったかのように口を開く。

「ずいぶんと手が冷えていたな。どこに隠れ潜んでいるのか詮索はせぬが、おおかた粗末な場所であろう」

「え、ええ、まあ」

（粗末って、そりゃ禁城に比べればそうだけど！）

甘い気分も吹き飛んで、英鈴は内心でムッとした。それを知ってか知らずか、また朱心は酷薄な笑みを浮かべると、おもむろに自分の襟巻——たぶん白絹で織られた暖かそうなものを、そっと外す。そして、こちらに差し出した。

「使え。少しは寒さを凌げよう」

「えっ、よ、よろしいのですか」

「私はこれから禁城に帰るのみだ。皇帝の下賜なれば、謹んで受け取るべきかと思うがな？」

首を軽く傾げ、朱心は不敵に言う。ならば、こちらの答えは一つだ。

「は、はい！　ありがとうございます、陛下」

「謝意は、お前の働きにて受け取ろう。私を失望させるな、娘子よ」

言うなり朱心は顎をくいっと動かした。話は以上だから出ろ、ということなのだろう。

英鈴はもう一度深く礼をして、それから、馬車を降りる。すると別れの言葉を交わす猶予もなく、すぐさま彼らは発ってしまった。

残るのは月光に照らされた、路面の轍のみ。それを見ていると、まるでさっきの出来事が、夢の中のことのように思えてしまうけれど。

(でも、夢なんかじゃない。陛下は、私に期待すると仰ってくださった)

ならば、それに報いよう。手首に残る、どこかくすぐったい感触と——この絹の襟巻の、温もりを胸に抱いて。

(……そうだ！　この襟巻、これからずっと巻いていようっと)

そうすれば、なんだかずっと朱心の傍に自分がいるような気がして——などと考えそうになって、また内心で頭を振った。

(よし、ふわふわしたことを考えるのは後回し！　呂賢妃様のご病気がなんなのか、頭を悩ませるのはまずそこから！)

気合を入れて、物置へと戻る。でも両手は、襟巻を大切に抱え持っていた。

＊＊＊

「うーん」

物置の二階に戻った英鈴は、机の前で腕組みしていた。首に巻いた襟巻は暖かく、それに、染みついた麝香の芳香が空気を甘く彩ってくれている。

けれど、打開策が見つからないのは変わらない。

(呂賢妃様のご病気が何か……本来なら、お医者様に診ていただくのが一番なんだけど)

当然、医師を連れて来たところで彼女は面会を拒むだろう。となれば、素人判断ではあるが、こちらの持てる知識で対応するしかない。

(とにかく、落ち着いて思い出してみよう。発作みたいな症状が起こっている時、呂賢妃様がどんなご様子だったか)

そこまで考えて、ふと気づいた。そもそもなぜ、呂賢妃の発作は自分たちが会いに行った時にいつも起きていたのだろう。

もし慢性的ななんらかの病気なら、例えば彼女が部屋でたった一人の時に発作が起こっていたっておかしくはない。にもかかわらず、彼女にはそのような様子はなかった。

(つまりいつも、呂賢妃様の発作は誰かが傍にいる時に起こっていたわけよね。一回目は母君が倒れた時で……)

二回目は、炉灰が自害を命じた直後。三回目は、炉灰の言葉を誤解した直後だ。

「ん？」

引っかかるものを感じ、さらに思考を巡らせた。この三回の事例には共通点がある。

どの場合も、呂賢妃が精神的に動揺するような出来事が起きた直後なのだ。

（そういう精神的な衝撃を、医学では『驚』と呼ぶ。驚が起こると、身体はそれに対応するために血の巡りをよくしようとして、鼓動が激しくなるという仕組みだったはず）

びっくりした時に心臓が「どきどきする」のは、このためである。

そしてこの拍動に心臓が耐えられない場合、驚がきっかけで強い胸の痛みが発生することとなり――呂賢妃の場合のような発作が起こっても、おかしくないわけなのだが。

（あれ？　でも、待って）

はたと、英鈴は顔を上げた。

思い出してみれば発作の時、呂賢妃はいつも胸だけでなく、腹部も痛んでいるような身動きをしていた。書物によれば胸には太い血管が何本も通っているので、胸の痛みが血管で繋（つな）がる腹部の痛みへと広がっていく、という現象自体はおかしくない。

けれど呂賢妃の場合は、記憶が確かなら、順序が違う。

（そう、私が初めて見た発作の時も、今日の夕方も……呂賢妃様はまずお腹が痛くなって、それから胸が痛くなっていた、よね）

脳裏を、彼女が真っ赤な顔で腹部を押さえ、それから胸に手を添えていた光景が過ぎる。

もしこれが心臓の病だというなら、当然痛みを感じる順番は胸から腹である。しかし呂賢妃はその逆、腹から胸だ。だから――呂賢妃は、恐らく心臓の病ではない。

（そうよね、だいたいそもそもおかしかったのよ。昨日の発作が、舌下仙薬を飲んだから治ったんだとしたら……どうして今日の発作は、薬がなくても治ったの？）

五臓六腑に異常があっての病だとしたら、適切な治療や、薬がなくては治らない。にもかかわらず今日の呂賢妃は、徐々に激しい呼吸が収まり、落ち着いた普段の状態に戻っていた。そこにも、きっと理由があるはずだ。

英鈴は、さらに記憶を探った。呂賢妃が発作を起こした時、そして収まっていった時、何が起きていたのか。共通する点が、他にあるはず――

「あっ」

瞬間、訪れた閃きのままに、机の上に置いていた医学書を開く。

（そうだ……！　なんで気づかなかったんだろう）

彼女が発作を起こしている時、必ず、傍には炉灰がいる。

一回目の発作を炉灰が傍で見ていたという事実と、二回目と三回目の状況を思い返してみても、それは明らかである。

（務めを果たせ、と炉灰殿はいつも呂賢妃様に言っていた。呂賢妃様はそれを、後宮で寵愛を受けろという意味だと受け取っている。悲しみを癒せていないあの方にとって、

それはとても辛いことのはず）

胸に溜め込んでいる悲しみが刺激された時、彼女の発作が起こる。

そして刺激の原因が目の前からいなくなると、発作は収まっているのだ。

「呂賢妃様が発作を起こしているのは、炉灰殿がいる時だけ。そして炉灰殿が部屋からいなくなると呼吸が収まり、発作も消えている……！」

つまり呂賢妃の発作のきっかけというだけでなく、根本的な原因こそが、兄・炉灰。

正確には彼や、呂家からもたらされる重圧の中で、驚が起きて心が耐えられなくなった時に、彼女は発作を起こしているということになる。

（本当に、陛下の仰っていた通り。降り積もった悲しみが弾けるように、呂賢妃様の悲しみが弾けたせいで、発作が出ていたのね）

考えながら、どんどん医学書の紙面をめくっていく。

呂賢妃のような年若い女性に多い病気で、驚がきっかけとなるもの。

そして、彼女を苦しめている病態――腹部から胸への痛み、激しい呼吸、顔が赤くなり手のひらに著しい発汗、という症状が現れる病気といえば、思い当たるものがあった。

「これだ！」

言葉と共に、紙面を指す。そこにあったのは『奔豚気』の文字だった。

英鈴は、その内容を黙読する。

(奔豚とは、字の通り「体内で豚が奔走する」ような強い衝撃が、下腹部から胸、喉に向かって突き上げていく病気を指す。発作は強い痛みを伴い、しばらく持続し、患者本人の意志では止められない。奔豚気は、すべて驚が原因で起こる)

とりわけ近しい誰かを喪った悲しみで心が傷ついている者は、このような病に罹りやすいとされている。辛い思いで精神的な負荷がかかっているところに驚の衝撃が訪れるのは、堤防に開いた穴をさらに大きくする行為に等しいからだ。

塞き止められていた悲しみは、心の奥底から外へと暴れ出す。それが奔豚気でいうところの「奔豚」であり、呂賢妃を苦しめるすべてなのだ。

(顔が赤くなるのは、体内の気が乱れて頭部に集中するから。手のひらに汗をたくさん掻くのは、体内の水の動きが乱れて、大量に放出してしまっているから……)

となると奔豚気とは、気と水の均衡が崩れるために悪化する病なのだ。したがってその治療のためには、逆に気と水の動きを整えるような薬が必要ということになる。

「でも舌下仙薬は、そういった薬ではないのよね。龍脳と川芯の組み合わせは、体内の血の巡りをよくするけれど」

考えを纏めがてら呟いて、鋭く息を呑んだ。ようやく気づけたからだ。

(舌下仙薬を飲んで血の巡りだけよくなってしまったら、体内の気・血・水の均衡は崩れるばかり。つまり奔豚気の症状も悪化するから、もしかしたら)

舌下仙薬を飲み続けていたら、呂賢妃は死んでいたかもしれない。または、死ぬような苦しみをずっと負っていったかもしれないのだ。

「なんてこと……!」

爪が食い込むほど、強く拳を握る。純粋に、激しい怒りを覚えた。

舌下仙薬は、正しく使われれば、たくさんの人の命を救える薬だ。急に心臓の発作が起こったとしても、口の中に入れれば水もなしに、ほんの僅かな時間で効果を発揮するなんて、まさに夢のような品である。

だというのにそれを、人を害するために使うだなんて。

ましてや恐らくは、自分たちを滅ぼした呂家への復讐のために。

「絶対に許せない……! 必ず、呂賢妃様を助けなくちゃ!」

自分に言い聞かせるように呟いて、それから、さらに医学書を紐解いていく。

幸いなことに(と言ってよいのかはわからないが)奔豚気は、医学書でも一つの章が割かれているほどに有名な病気であり、特効薬となる処方も、既に発見されていた。

(この草木の処方ならきっと、呂賢妃様の体質でも問題ないはず。もちろん服していただ

く前に、お医者様に診ていただく必要はあるけれど）

そしてただ奔豚気を治すというだけでなく、彼女の傷ついた心を癒し、再び前を向けるような——自暴自棄にならなくても済むような、そんな服用法を考えなくては。

（呂賢妃様は、炉灰殿が自分を疎んで、自害を望んでいるんだと思い込んでいる。だけど、今日の様子を見る限りでは）

炉灰は、妹の身に花神の魔の手が迫っていると知ったその時、すぐに彼女のいる東の離れまで駆けていった。こちらの見間違いでなければ、彼は呂賢妃が生きているのを喜んでいたはずだ。それに、彼が漏らした一言を思い出す。

『違う、私は……そんなつもりで、お前に』

炉灰の呟きは重苦しかった。ただのその場しのぎの言い訳だとは思えない。

（そしてその事実を、呂賢妃様は知らない。母君も、月倫殿たちも皆が心配してくれているのに、その理由を誤解してしまっているんだと思う）

自分がこの世に独りきりなのだという思い込みが、彼女を孤独にし——さらに、朱心が言っていたところの「自分もこの世の一部」という実感から遠ざけてしまっている。

（たぶん、自ら冤罪（えんざい）を被（かぶ）った理由も）

そしてこればかりは、単なる薬では治せない。

（……大丈夫、なんとかしてみせる）

首に巻いたままの襟巻を撫でてから、様々な書物を開き、対策を考える。

呂賢妃を救うための不苦の良薬の開発は、夜を徹して行われた。

＊＊＊

月が西の空に沈み、東の空は今なお暗い。夜明け前のこの時間の闇が最も深いということを、呂賢妃はよく知っていた。池の畔にいる時も、いつもそうだったからだ。

自分以外誰一人いない、真っ暗な部屋の中。彼女はただ、長椅子の上でじっと蹲っている。手足の先は氷のように冷たく、身体を包むのも、ここに戻って最初の夜に用意された夜着だけだ。食事も、侍女たちが定期的に運んできているのは知っているが、食べる気がしない。

食べてもいないし、ろくに眠ってもいない。あの発作を抑えるための薬ももうない。それなのに不思議と、辛いとは思わなかった。むしろ時間が経てば経つほど、自分の身体が細くなっていけばいくほど、嬉しかった。この世と自分との繋がりが、薄くなって消えていくような気がするから。

いっそ、あの腹から胸を突き上げるような発作がまた来て、今度こそ自分の命を奪ってしまえばいいのに。

「……」

軽く身じろぎをすると、懐に仕舞いこんだ短剣が胸に当たる。誰もいないうちに、この刃を喉元か胸に突き立ててしまえば、死ねるのかもしれない。でもできるなら、母か兄か、呂家の人間の誰かの前で死にたかった。

自分が、呂陽莉が後宮で寵愛を得ることこそが、呂家の人間の願いだったはずだ。それが永久に叶わなくなったと知った時、彼らがどんな顔をするのか見てみたい。

姉様が亡くなった時のように、悲しむだろうか。それとも――

血を流して転がっている、自分の遺体を思い浮かべる。その遺体は、侍女たちの手で淡々と片づけられていった。まるで割れてしまった皿のように。壊れてしまった人形のように。血痕すら残さず、完璧に。

白い布で包まれていく、青ざめた自分の身体。ふいにその姿があの日の点々と重なった。

後宮の庭、池の畔――

『陽莉様、駄目です！　ご覧になってはいけません！』

あの時、必死になって叫んだ月倫の手が、すぐに自分の目を覆った。後になって「点々だ」と言って連れてこられたのは、白い布ですっぽりと覆われた、小さな塊だけだった。布も塊もずぶ濡れだった。その時はわけもわからずに、とにかく悲しいから泣いた。

さんざん泣いたその時に、姉様が亡くなった時と違って、慰めてくれる温もりはもういないと気づいたのだ。あれ以来、温もりなどどこにもない。

そんなことを思って、力なく俯いた時——

「呂賢妃様！」

騒々しい、大嫌いな声と共に扉が開く。そこには白い襟巻を巻いた、あの董貴妃が立っていた。片手に何か、皿のようなものを持つその背の向こうには、紫色に染まりはじめた空が広がって見える。

（呂賢妃様……よかった、ご無事ね）

部屋の奥にぼんやりと見える彼女の様子を確認して、英鈴はほっと安堵した。

その手には、呂賢妃のための不苦の良薬を携えている。夜を徹してこの処方を作り上げ、それから月倫を通じて呂家に連絡を取り、協力を取りつけ——

呂賢妃の母君と炉灰の了承を得て、今ここにいる。

東の空に陽光が覗くまで、きっと時間はあと僅か。今ごろ、陛下は二度目の戴龍儀の準備を進めているところだろう。

（戴龍儀が始まる前に決着をつける。呂賢妃様を説得して、疑いを晴らしてみせる！）

扉を開け放ったまま、静かに呂賢妃のいる長椅子へと歩み寄る。手にした皿は、近場の卓の上にひとまず置いておいた。

慎重に歩み寄り、彼女を刺激しない程度の位置に立つと、無言のままこちらを睨みつけている呂賢妃に対して口を開く。

「このような時分に申し訳ありません、呂賢妃様。今日は、あなたにお話ししたいことがあって参りました」

「帰って」

短く、鋭く、突き放す言葉を相手は吐く。しかし、英鈴もまたきっぱりと応えた。

「いいえ、帰りません。あなたがお医者様の診察を受け、この薬を服してくださるまでは」

「……薬？」

灯した燭台で照らす呂賢妃は、いかにも疎ましげに眉を顰めた。

「あんな薬、もう飲まない。私には必要ないもの」

「ええ、そうですね」

こくりと頷く。

「あの薬、舌下仙薬は心臓発作の特効薬ではありますが、あなたの症状に適したものではありません。呂賢妃様、あの発作が起こる時……あなたは腹から胸へと突き上げるような痛みを覚えている。そしてそのきっかけは、必ず兄君の存在にある。違いますか？」

英鈴がそう語ると、呂賢妃はほんの僅かに眉間の皺を解いた。その機に乗じて、さらに一歩、彼女へと近づく。

「『なぜわかる』、とお思いになりましたね」

「……そんなわけないでしょう。妄想が好きなのね」

「私が間違っているなら、何が違うのかのご説明をお願いします。それが叶わないなら、もう少しこちらの話を聞いてください」

一息ついてから、こう切り出す。

「妄想に囚われているのは、あなたのほうなのですから。呂賢妃様」

「……」

呂賢妃の顔が険しくなった。けれど、彼女は反論しない。

(予想していた通り。挑発的な言い方をすれば、呂賢妃様の気を引けると思った)

けれども、気を引き締める。彼女の心を解きほぐせるかどうかは、これからの自分の言葉一つにあるのだから。英鈴はさらに一歩、相手に近づいた。薄暗がりの中でも、呂賢妃の様子がはっきりと見える近さだ。

「呂賢妃様、あなたを苦しめている発作の原因は、恐らく『奔豚気』という病です。奔豚気の発作はすべて驚、つまり精神的な衝撃がきっかけとなって起こります」

「……」

「あなたの目に兄君は、いえ、呂家のご家族はすべて、あなたに重圧を課す存在として映っているのでしょう。あなたがいたいとも思わない場所で、やりたくもない仕事を押しつけてくる……つまり」

覚悟のうえで、言い放つ。

「あなたに、姉君の代わりになれと命じてくる人たちなのだと。そうですよね？」

その瞬間、呂賢妃は思いも寄らぬ速さで懐の短剣を抜き放った。片手でそれを構え、切っ先を、まっすぐにこちらに向けてくる。

「利いたふうな口をきかないで」

両目にぎらつくほどの怒りを湛えて、痩せ細った身体のどこからその凄みが生まれるのかという声音で、彼女は言った。

「同情のつもり？　憐れんでいるのね。後宮の主気取りもたいがいにして。あなたが姉様について語るだなんて、吐き気がする」

「憐れんでなんかいません。私が姉君の話をするのは、これがあなたの治療のために必要な行為だからです」

——正直、距離はあるといえど、剣を向けられるなんて怖くてたまらない。

（でも炉灰殿に突きつけられた時よりはまし……いいえ、気迫で乗り越えてみせる！）

背中に薄く冷や汗が垂れている。でも首に巻いた絹を撫でると、少し気分が落ち着いた。

そこで改めて冷静に、英鈴は語り続ける。

「あなたは優しく聡明な姉君、燈花様を喪い、その悲しみも癒えぬままに、後宮に送られることになった。そしてその後、姉君から贈られた大切な友達である点々様を……」

「やめて！」

腹立たしげに、呂賢妃は短剣を振り回す。風を切る音が、鋭く耳に届く。

呂賢妃に武の心得があるとは思わないが、持っているのは凶器である。もしあれが当たれば——それを見越したうえで、威嚇として振り回したのだろう。

彼女は声を張り上げた。

「そんな話をして、なんだっていうの。私の過去を抉るのが、そんなに楽しい？」

「いいえ。あなたを苦しませているのは、その心の傷だと言いたいのです」

英鈴は、じりじりと相手との距離を詰める。

「あなたは、大切な存在を喪った悲しみを癒せていない。それなのに御家から重圧をかけられて、心が張り裂けそうだった。そこへさらに、蠱術の濡れ衣が着せられたとあっては、何もかもが嫌になってしまって当然です」

「！」

呂賢妃は、目を軽く見開いた。短剣こそしっかと握ったままではあるものの、明らかに身体から力が抜けている。――どうやら、こちらの推測は正しかったらしい。

「あなたは自暴自棄になった。仮にこの罠を乗り越えて、このまま後宮で生き続けていても、姉君の代わりとしての生しか求められない。いつまた命を狙われ、陥れられそうになるかわからない。だから、すべてを諦めようと思ったんですね？」

「少し違うわ。董貴妃」

彼女は、唇の端をほんの少しだけ上向きにした。ほのかで、仄暗い微笑みを浮かべて、呂賢妃は語る。

「私は、確かめてみたかった。私が罪人として家に戻ったら、みんなどんな顔をするのかを。結果は、予想していた通りだったけれど。母様は倒れて、兄様は……この家のしきたりを話すだけだった。『務めを果たせ』と」

呂賢妃の視線が、僅かに床に向けられた。

「務めって、何。私は、みんなにとってのなんなの。姉様の代わり？　好きに使えるお人形なの？　使い物にならないとわかっていても、他に代わりがいないから、仕方なく生かしているだけなんでしょう」

「あなたは、ご自分が使い物にならない、なんて思っていらっしゃるんですか」

静かに問いかけると、彼女は再び、こちらを睨めつける。

「理解者のふり？　反吐が出る。そんなの当然でしょう。私には何もない。姉様のように綺麗でも、優しくも、頭がよくもない。皇帝陛下のことを好きになれたわけでもないし……あなたみたいに、他人をたぶらかす才能もない」

（……たぶらかしてはないけれど）

と思いつつも、英鈴は黙って相手の言葉を聞いた。

一方で呂賢妃は、まるで溜まっていたものを吐き出すように、言葉を重ねていく。

重ねるごとに、彼女の声音は、だんだんと高まっていく。

「武人の家に生まれた女は役立たずだって、おじい様はずっと言っていた。炉灰兄様にも、私の使命は後宮にいることなんだって言われた。でも……そんなの、もう嫌！」

彼女の双眸から、活力を宿さず退屈そうだった瞳から、涙の筋が零れて落ちる。

固まっていた表情が崩れ、あどけない顔立ちを悲しみに歪めて、呂賢妃は叫ぶ。

「私の居場所なんてどこにもなかった！　私は、姉様の代わりになんてなれないのに!!」

――肩を震わせた彼女の言葉が、英鈴の胸を貫くように響く。

嗚咽の混じったその声は、哀切や慟哭といった形容では足りないと思うほどに、辛く激しく、そして心からの悲しみを帯びていた。

「呂賢妃様……」

こちらの声音もつい震えてしまう。でも、口を噤んで言葉を選んでいる場合ではない。

「お辛かったんですね、とても。きっと、私ではちゃんと理解できないくらいに……ずっと大変だったんだと思います。でも、聞いていただけませんか？」

零れる涙を拭おうともせず、黙っている彼女に、伝えなければならない真実がある。

「あなたがこの邸宅にいる間、月倫殿たちは、ずっとあなたの身の潔白を訴え続けていました。もちろん自分たちの食い扶持のためなんかではありません。抗議のために宮女の職を辞し、門衛たちに逆らってでも、彼女らは訴えていたんです。なぜかわかりますか？」

「……知らない」

「それは、あなたが無実だと信じていたから。自分たちの主張は正しいのだから、きっと天も動くはずだと、心の底から信じていたからです」

門で見かけた時の、茶店で話した時の、月倫たちの必死な様子を思い浮かべながら、英鈴は語る。

「あの方たちはどんな時でも、あなたの味方です。あなたが、姉君の代わりだからじゃない。あなたがあなた自身だから、味方でいてくれる人たちなんですよ」

「……よく知りもせずに、勝手なことを」

「それに！」

吐き捨てるような物言いを遮って、さらに告げる。

先ほど知ったばかりの、呂賢妃にとって、大切な事柄を。

「私は今朝、この家を訪れた時に、あなたの母君と兄君に、すべてをお話ししたのです。あなたが冤罪を受け入れてしまった理由の推測も、何もかも。そうしたら、あの方々がなんと仰ったと思いますか？」

「……！」

どこか恐れるような面持ちになった彼女は、何も言えないといった様子で俯く。

だから、答えを待たずに教える。

「母君も、炉灰殿も、口を揃えて仰いました。『今までずっと、目を逸らしていて悪かった。大切にしてあげられていなかったことを、許してほしい』と」

脚色はなく、嘘でもない。呂賢妃の母君が涙ながらに語り、そして、その肩を抱きながら炉灰が言ったこと。そのものをすべて、英鈴は呂賢妃にぶつけた。

だが、その時。過日、炉灰に向けられたのとまったく同じ殺気が、瞬間的にこちらの全身を包んだのを察知する。

「……呂賢妃様？」

「は、あははっ」

乾いた笑い声が、相手から漏れる。殺気を放っているのはもちろん、呂賢妃だ。

彼女は短剣を構え直すと、目は涙を湛えたまま、口元だけ歪ませて、こう言った。

「意外と面白いのね、董貴妃。言いくるめられないと知ったら、今度はくだらない嘘をつくなんて」

「嘘なんかじゃ……」

「うるさいっ！」

叫ぶなり、彼女は短剣を構えて突進してきた。危ない、と思う間もなく迫ってきた白刃を、慌てて身を翻して避ける。だが呂賢妃は、なおも叫びながら剣を振り回す。

「嘘つき！　この嘘つき‼」

「くっ……！」

（こうなったら！）

英鈴は、懐に忍ばせていた獐牙菜の丸薬を取り出した。そして相手の大口めがけて、薬を放り込もうとする――の、だが。

彼女の振り回す短剣に弾き返され、丸薬は床に落ち、転がっていく。

「残念だったわね」

肩で息をしながら、呂賢妃はせせら笑うように言った。

「あなたの薬なんて、私は絶対に……」

「残念なのは、あなたもですよ！」

英鈴は鋭く言い放ち、右手を勢いよく振った。何が起きたかよくわかっていない呂賢妃の開いた口に向かって飛んでいったのは、二発目の丸薬。

（私には何発でも獐牙菜があるのよ！）

一発だけと思ったら大間違いだと、こちらが内心で胸を張った直後。

「ぐっ、に、苦っ……！」

獐牙菜の強烈な苦さを前に、呂賢妃はけほけほとむせている。その隙を衝いて、英鈴は一気に距離を縮めた。彼女の両の細い手首を摑んで、動けないように腕を上げさせる。

「はっ、放して！」

「いいですか、呂賢妃様。嘘だと仰るのなら！」

鼻先がくっつきそうなほどの距離まで顔を近づけて、英鈴は言った。

「私の言うことが嘘だとお思いなら、それでもいい。でも、ちゃんと母君や兄君と話をしてください。あなたの思いを、悲しみを全部、あなた自身の口で説明するんです」

「何を……」

口先では反論していても、その瞳は揺れている。

「何も知らないくせに、ただの薬売りの娘のくせに、余計な口をきかないで！」

「知らないのは当然です、だってあなたが何も話さないから。黙って勝手に死なれるぐらいなら、余計な口をきかれるほうが、周りにとってはよっぽどましなんですよ。あなたの周りにいる、あなたの味方にとっては！」

そこまで告げて、手を離す。それでも、呂賢妃はどこか居心地が悪そうな顔をするばかりで、もう短剣を振り回そうとはしなかった。

だから英鈴はそっと後ずさると、部屋の隅の卓にある、ここへと持ってきた皿――そこに盛られた不苦の良薬を、呂賢妃に見えるように捧げ持った。

「これは、あなたの奔豚気を癒すための薬です。もちろん、服していただくのはお医者様の診察を受けてからですが……ご覧ください。この服用法を」

「あ……」

呂賢妃の身体から、がくりと力が抜ける。その視線は、皿の上へと注がれていた。

「その、お菓子は」

「ええ、そうです」

英鈴は改めて、皿の上の不苦の良薬――奔豚気の特効薬である『苓桂甘大棗散』を餡子に練り込んで白玉で包み、滋養強壮効果のある黒胡麻を塗してからりと揚げた胡麻団子、『薬膳芝麻球』を紹介する。

「茯苓と桂枝、炙甘草と大棗が気を補い、水の均衡を整え、精神を落ち着かせてくれます。何より……黒胡麻を使った胡麻団子は、燈花様の大好物だった。そうですよね？」

むろん、事前に知っていたわけではない。ここに来る前、呂賢妃の母君と炉灰にこの服用法を見せた時に、彼女らが驚き、過去を懐かしむように語ってくれたのだ。

「うっ……」

呻いた呂賢妃の手から、力が抜ける。

「姉様……ねえ、さま……う、うぅっ……！」

彼女は、忌まわしいものを捨てるように、短剣を放り投げた。投げ捨てられた短剣は、部屋の入り口の扉にぶつかって、からからと床に転がる。

　そして空いた両の手で、呂賢妃は顔を覆った。

「董貴妃、あ、あなたは」

「はい」

「あなたは、なぜ……私に、諦めるなと言うの？　あなたの家族を助けたいから？」

「もちろん、それもあります」

　正直に、英鈴は言う。

「でもそれよりも私は、この国と陛下をお助けしたいんです。私の家族とあなたを陥れたのは、かつて私たちの命を狙った暗殺者の残党です。あなたがこのまま罪人として亡くなれば、暗殺者たちの思惑通りに呂家は力を失い、陛下も力を失います。それに」

　真正面から彼女を見つめて、宣言するように告げた。

「あなたにはぜひ、これからを考えてもらいたいんです。あなたにとって後宮は居たくもない場所で……私も、あの場所の恐ろしさは嫌というほど味わったつもりです。それでも私は、あそこを離れるつもりはない。だって不幸や恨みが渦巻いている場所なのだとしたら、変えればいいからです。私たちの代で」

「……！」

聞いたこともない言葉を突然浴びせられたかのように、呂賢妃ははっと顔を上げた。

「か、変える？」

「ええ、私たちの力で。もちろん、私一人ではできることなど限られています。でもあなたと一緒なら、皆で協力すれば、成し遂げられるかも。そしてもし、それでもあなたが後宮を去るというのなら、それでもいいと思うんです」

我知らず微笑んで、英鈴は言った。

「もしそれが、あなた自身の選択なら。でも死んでしまったら、選ぶこともできなくなってしまいますからね」

「……」

呂賢妃は、幾度か目を瞬かせた。それからゆっくりと床にしゃがみ込み、口を開く。

「私が、池の畔にいたのは」

その声音は普段と同じ、葉擦れのような繊細な響きに戻っていた。

でも瞳には光が宿っている。はっきりした感情を示すような、ぼんやりとした光彩が。

「あの子が……点々が、池の近くを散歩するのが好きだと知っているから。あそこで待っていたらいつか、ひょっとして……茂みからあの子がひょっこり顔を出すんじゃないかって、そう思っていたから」

でも——と続ける彼女の目に、また薄く涙が膜を張る。

「信じたくなかった。姉様が殺されたことも、点々が殺されたことも。だから待って、それでも何も起きないから、私は……もう諦めようと思っていたけれど」

呂賢妃の双眸が、こちらを向く。

「あなたは、諦めが悪いのね。董貴妃殿」

「ええ、呂賢妃様」

初めてこちらを丁寧に呼んだ彼女に対して、英鈴は、にこりと笑って告げた。

「努力をするのは、嫌いではありませんから」

「何、それ」

こちらの物言いが面白かったのか、彼女は、噴き出すようにフッと笑う。

それは今までに見た呂賢妃のどんな笑顔よりも、純粋なものに思えた。

その眩さに、英鈴が思わず目を細めた、その刹那——

辺りに立ち込めたのは、白い煙だった。

第五章　英鈴、凱歌を奏すること

妙に甘い香りのする煙が、部屋中を白く染め上げていく。

「何、これ」

戸惑った様子で呂賢妃が言う。しかし訝しげだったその眼差しは、徐々に焦点の合わないものになっていった。ふらりと体勢が崩れる。

一方で英鈴は、彼女の元へと駆けつけられない。この甘ったるい芳香と、煙を僅かに吸い込むだけでも意識が遠のいていくような感覚に、覚えがあったからだ。

（これは、前に実家で襲われた時と同じ……！）

直感的に、過去の記憶が呼び覚まされる。

昨年の秋、重陽の節句。英鈴は紫丹と実家で遭遇し、救援のために遣わされた兵士たちともども眠らされ、攫われてしまったのだ。これとまったく同じ、白い煙のせいで。

そしてこの煙の使い手は、知る限り一人しかいない。

（駄目だ、吸い込んだらまたやられる！）

咄嗟に英鈴は襟巻で鼻と口を覆い、伏せるように体勢を低くした。火事の時に身を守るための方法が通用するかはわからないけれど、今はこうするしかない。

向こうで、呂賢妃がついにばたりと倒れ、眠ってしまった。――一人で逃げ出すことはできない。なんとしても彼女を連れて、助けを呼ばなくては。外の様子はここからはわからないけれど、少なくとも、部屋から出れば煙の影響からは逃れられるはずだ。

そんな思いでいたのだが、耳に微かに届いた足音を察知して、英鈴はぴたりと動きを止めて気配を探る。

（誰？　助けに来てくれたの？）

期待もむなしく、視界の端に映ったその足元は、見知った誰のものとも違っていた。

どうやって潜んでいたのか、天井から床へと降り立ったその人物は、ずいぶんと使い古された印象のある長靴を履いていた。深緑色の穿きものは清潔そうだったが、その裾からはなぜか、包帯がはみ出ている。分泌物や血で汚れた包帯だ。

（怪我をしている……）

うつ伏せになった胸の中、心臓が早鐘を打っているのがわかる。

そう、劉紫丹は矢で射られ、炎に巻かれ、そして姿を消したのだ。

――まさか。

顔を上げれば、正体がわかる。でも、確証を得るのが恐ろしい。そんな気持ちでいる間に、謎の人物は、徐々にこちらへと歩み寄ってくる。

そうしながら、相手は独り言ちた。

「たははは。こうなってしまうと、なんともあっけないですねえ」

気の抜けた笑い声、いかにも温厚で親切そうな喋り口。ここまで来ると間違いがない。

(紫丹『先生』！　やっぱり、生きていたのね)

鼓動がさらに早くなる。絹布越しに強く息を吸いそうになってしまって、慌ててそれを止めた。紫丹が、もう目前まで来ているからだ。

まるで散歩のように気楽な歩調で、てくてくとやって来る彼の両手には、見る限り、何も持っていない。でもたとえ素手でも相手は暗殺者、敵うはずもない。

(まずい……！)

花神は朱心と呂家によって滅ぼされたが、その衰退の直接の原因となったのは、英鈴の後宮での働きだ。そういう意味では、英鈴は彼にとって仇でもある。

今回は彼らの言っていたおぞましい『品種改良』のためではなく、単に復讐のために、紫丹は襲ってきたのかもしれない。無残な想像が恐怖を掻きたてる。けれど――

(！　この香りは)

襟巻に染みついた麝香の匂いが、思考を冷静にしてくれた。

——そう、諦めてどうする。

諦めずに朱心を助けると決めたから、こうしてここまでやって来たのだ。無抵抗に殺されてたまるものか。

そう思った直後、気づいた。さっき呂賢妃が叩き落とした一発目の丸薬が、すぐ近くに転がっている。ほんの少し指を動かせば、拳の中に隠せる位置に——

(やってやる……!)

もはや口から飛び出そうな勢いで拍動している心臓を宥めながら、機を窺う。

するとどうやら、相手は英鈴が意識を保っているのに気づいていないらしい。

紫丹はすぐ近くまでやって来ると、一度歩を止めた。それからまるでこちらを覗きこもうとするかのように、ぐっと身を折り曲げ、顔を近づけてくる。

悟られないように目を閉じる瞬間、一瞬だけ、相手の顔が見えた。

紫丹の頭部は、汚れた包帯でぐるぐる巻きになっていた。ただ露わになっている両目の異様な輝きだけが、往時の姿と変わりない。

「お久しぶりです、英鈴さん」

顔を近づけたままなのだろう、至近距離から、笑いを含んだような声が聞こえてくる。

「せっかくお会いできたのに、お休みだなんて寂しいですねぇ」

聞こえたが早いか、鋭い痛みが頭に走る。髪の毛を強引に摑まれて、引っ張られているのだ。強引に顔を上げさせるために、紫丹がやっているのだろう。

英鈴はそれでも、悲鳴をあげずに目も開けなかった。

(落ち着いて。今、こうして私の顔を眺めているのなら……)

紫丹の顔は、自分のすぐ前にある。

悟ってからの動きは早かった。瞼を開き、包帯の隙間から覗く紫丹の口めがけて――拳の中に握り込んでいた、獐牙菜の丸薬を投げつける！

(くらえ！)

視界に映る紫丹は――先ほど垣間見たように、痛ましい姿をしていたが――こちらの動きに、いかにも意外そうな顔をしていた。摑んでいた髪を離し、軽く跳び退る。

そして包帯だらけの右腕を振ると、丸薬は空中でその手に摑み取られてしまった。

「眠ったふりとは、さすがのしぶとさ。でも残念！　外れですねぇ」

「くっ！」

まずい、見切られていた！

思わず歯嚙みしながらも、英鈴は懐から次の丸薬を取り出そうとした。だがそれより早く、相手は倒れている呂賢妃の近くへと寄っている。

そして呂賢妃の細い身体を軽々と肩に担ぎ上げると、左手の先を、そっと彼女の首筋に近づけた。よく見れば、左手の先に何か光るものがある。銀色の、細い鍼――

「覚えていらっしゃいますよね？　英鈴さん」

なおも立ち込める白い煙の中、紫丹は朗らかに語った。

「この鍼は、あなたに使おうとしたものと同じです。もっとも以前と違って、中身は致死性の毒ですがね。しかも生まれてきたことを後悔するくらい痛くなるやつ、ははは！」

「卑怯者！」

鼻と口は注意深く絹布で覆ったまま、相手を見据えて英鈴は言った。

「どうして今さら、こんな真似を。蠱術を行って濡れ衣を着せてきたのも、戴龍儀を妨害したのも、すべてあなたの仕業なんですか!?」

「おおっと、これはこれは」

鍼は呂賢妃の首筋に近づけたまま、紫丹はたははと嗤ってみせる。

「これじゃあ、どっちが脅しているのかわかりませんねぇ。ともかく、まあいいでしょう。せっかくの再会ですし、僕も久々に他人と喋ることですし……少しお話ししましょうか」

言ってから、紫丹は、包帯の向こうの口の端を不気味に吊り上げた。

「でも、時間稼ぎの期待はしないでくださいね。どうせ、誰も来やしませんから」

「……！」

来やしない、とはどういう意味だろう。警備にあたっていた人たちは全員、殺されてしまったのだろうか？　と一瞬戦慄するものの、すぐに否定する。いかに紫丹が手練（てだ）れといえども、大勢の兵士たちを騒ぎも起こさずに倒せるはずがない。たぶん警備の兵士たちは、この煙と同じような方法で眠らされてしまっているのだ。

（きっと助けが来る。それまで少しでも、この人を足止めしなくては！）

英鈴は、無言のままにこくりと頷（うなず）いた。するとそれに合わせて、紫丹は語りだす。

「先ほどのあなたの質問ですが、答えは『是』です。ご存じでしたか？　旺華国（おうかこく）の歴史上、戴龍儀を二度失敗して廃位となった皇帝は八人いますが……みんな、私のご先祖様たちがそうさせたんですよ」

「なっ……！」

「邪魔者を消してほしいという依頼を実行するのに、戴龍儀は絶好の機会なんです。何せ、何が起こっても龍神様のご意思ということにできますから」

要するに――過去に起きていた儀式の二度の失敗も、元・皇帝たちのその後の非業の死も、すべて花神（かしん）の働きのせいだったということか。

あれは神意ではなく人為、暗殺だったのだ。

あまりの事実に、吐き気すら覚える。だが紫丹は軽く背を反らし、笑ってみせる。

「ちょっと混ぜ物をすれば失敗する程度の儀式に、やれ龍神様の加護だのどうだのと、信心深い方々は大変ですねえ」

語る紫丹の肩に、今もうつ伏せの状態で担がれている呂賢妃の手足が、動きに合わせてぶらぶらと揺れている。

「そして同時に、英鈴さん、あなたの実家の物置と、この娘の庭に蠱術の証拠を残しておいてやりました。皇帝陛下はいろいろと頑張っておいでだったようですが、案の定あなた方は追放されてしまいましたねえ。本当に人の心とは移ろいやすいもののようで」

やはり、思っていた通りだった。

紫丹ほど医術や薬学に詳しく、暗殺や潜入に長けた人間なら、当然、冬眠中の蛇を捕まえられるだろう。そして、後宮の庭に忍び込むこともできる。

戦慄する英鈴の眼前で、紫丹自身は、まるで面白い劇でも眺めているような態度だ。

「ついでに偽勅書も拵えてみたら、まんまと騙される人間ばかりでしたね。この娘の体質に合っていない薬をせっせと飲ませて、いつ死んでくれるのか楽しみだったんですが」

「復讐が望みなんですか？」

せめて気合では負けないようにと、英鈴は鋭く問いかける。

「この国をめちゃくちゃにして、あなたの組織を壊滅させた陛下と呂家を苦しめたいんですか。それはただの逆恨みじゃないですか！」

「たははは、これは手厳しいですね。ですが、英鈴さん」

そこで不意に、彼は笑みを消す。なんの感情も感じさせない、しかしある種の真に迫った態度で、紫丹は言った。

「あなたの発言は部分的には正しいですが、ほとんど間違いです。私は別に、死んだ配下がどうとか、私の組織がどうとか、そういう理由だけでこうしたわけじゃあ……ないんですよ」

「では、何を」

「話はここまでにしましょう」

またにっこりとしたわざとらしい笑顔に戻って、紫丹は言う。

「そろそろ次の作戦に移らないと。今回は、玉泉の湯をすり替えるのに失敗してしまいましたから。この娘をちょっと使わせてもらいますよ」

「そんなこと……！」

させない、と言いたかった。けれど今も、呂賢妃は人質に取られている。それに獐牙菜の丸薬も見切られてしまった。

これ以上、自分に何ができるのか――

「英鈴さん」

紫丹は、どこか静かに語った。

「あなたはとても賢い女性だ。その点においては本当に好感を抱いているんですよ。あなたで私たちの品種改良ができたら、どれだけよかったことか」

(褒め言葉がそれだなんて)

背筋がぞっとする。やはり、どうあっても彼とはわかり合えない。

だがこちらが何か言うよりも先に、彼は部屋の窓へと近づいた。あそこから外に飛び出すつもりなのだろう。どうするべきか、英鈴は逡巡した。

だが、その時。がたり、という鈍い音が、出入り口のほうから聞こえてきた。

「おや?」

きょとんとした顔で、紫丹がそちらを見る。英鈴も、横目で音のした方向を見やった。

するとそこにいたのは、炉灰だった。既に剣を抜き放ち、武装している。

だがどうやら、両足に力が入らないらしい。身体を引きずってようやくここまでやって来たという様子の彼は、扉にもたれかかるようにして、ぎりぎりのところで立っている。

（もしかして炉灰殿、この煙を吸ってしまって……）

「おやおや、これは左将軍閣下」

紫丹は、いかにも嬉しそうに言う。

「妹君のために、こんなところまで来たんですか？　本邸のほうにもこの煙をたっぷり撒き散らして差し上げたのに、ここまでやって来られた意志力は驚くべきものですねえ」

「ぐ……！」

相手の軽口にも、応じる余力がないのだろうか。妹を担ぎ上げたままで自分を揶揄する紫丹を一目睨んだ後、彼はがくりと膝を突いてしまう。

（どうしよう……！）

英鈴は視線を伏せる。今この場で、呂賢妃を救い出せる可能性があるのは炉灰だけだ。なんとか彼の手助けができないものか――襟巻を使ってもらえれば、少しは息がしやすくなるだろうかと、考えを巡らせたのも束の間。

音もなく、素早く、炉灰がその場に立ち上がる。次いで彼はすさまじい速さで駆けると、一気に紫丹との距離を詰めてみせた。

驚愕したのは、英鈴だけではない。紫丹もまた、目を見開いている。

――あの煙は、気迫や気の持ちようなどではどうにもならないほどの、強い毒性を持っているはず。なのになぜ……？

疑問を抱き、そして英鈴は、炉灰の足元から零れるものを目撃して理解した。

炉灰の太ももから、鮮血が溢れている。彼は短剣を、自分の大腿部に突き刺していた。

その強烈な痛みによって、眠気を強引に吹き飛ばしたのだ。

（そうか、さっき呂賢妃様が投げて、入り口の扉の近くに転がっていたから……！　きっと、膝を突いた時にやっていたのね）

原理はわかるが、なんて凄絶な覚悟だろう。

紫丹もまた、驚嘆にも似た一言を包帯の奥から発していた。

「馬鹿なっ」

自分を傷つけてでも突撃してくるだなんて、なぜそこまで――と、彼はそう言いたかったのだろう。しかし人質に危害を加えることを忘れたその一瞬の猶予が、紫丹の明暗を完全にわけた。

一息に、炉灰は紫丹に肉薄した。そして裂帛の気合と共に振るわれた白刃が、過たず紫丹の左胸に突き立てられる。

「がふっ……!?」

左手から鉞を取り落とし、右肩に乗せていた呂賢妃も床に落として、紫丹は短く息を吐いた。剣が突き刺さった傷から、ぼたぼたと血が垂れる。

思わず目を背けたくなるような光景だが、悲鳴などあげている場合ではない。紫丹が後ずさるのに合わせて、英鈴は呂賢妃のもとへ駆け寄った。

そして炉灰はというと――

「はぁっ、はあ……！」

剣を紫丹の胸に残したまま手を離し、膝を突き、肩で息をしている。毒を受けた身体を、痛みで無理やりに動かしたのだ。どうやら、先ほどの一撃が限界だったようである。

「し損じたか。その身体、刺し貫いてやったものを」

「た、たははは」

炉灰の唸るような言葉を聞いて、窓枠に手をやった紫丹は、笑い声をあげた。胸から炉灰の剣をぷらぷらとぶら下げたその姿は、どこかおどけた様子ですらあった。

だが、彼の顔は微塵も笑ってなどいない。その口元から、鮮血が一筋零れ落ちる。

「……ここまでか」

悟ったような、今までになく低く重々しい一言に、英鈴ははっとした。

すると紫丹の双眸が、こちらに向けられる。

「英鈴さん」

彼は真顔のまま、口を開いた。その間にも、鮮血がみるみる彼の衣服を染めていく。

「さっき、あなたは……言っていましたね。何が私の目的なのか、と」

「……ええ」

呂賢妃を庇うようにしながらこちらが短く頷くと、紫丹は目を輝かせる。

「私はね……皇帝陛下に思い知ってほしかったんですよ。この国の品種改良など、容易ではないと」

ほとんど窓枠にもたれかかるようにしながら、彼は言う。

「彼は私たちを、禁城から排除した。だが人の世を、人の業を改良するなど……至難の道だ。私はそれを、花神歴代の品種改良でよく知っている」

そこまで語った彼の口から鮮血が噴き出る。――あの出血量では、とても助からない。近寄ることも目を逸らすこともできず、英鈴はただ彼を見つめた。

「いいですか、人間は変わらない。後の世にも、花神と同じ存在が現れるだけだ。何を望もうと、残念ながらね」

「……」

紫丹の言いたいことはわかった。旺華国を変えようという朱心の志を、彼がどう捉えているのかも。その上で、英鈴はきっぱりと告げた。

「いいえ。陛下はきっとご自身の代で、この国を変えてみせます。もう誰も、二度と不苦の猛毒で苦しまずに済む世の中を……陛下と、私たちの力で！」

その場しのぎの嘘ではない。思っていることをそのまま、英鈴は口にした。

すると紫丹は、なぜか、きょとんとした顔になる。まるで赤子のようなその面持ちにこちらが思わず訝しむと、彼はまた、真顔に戻った。

「……そうですか。ま、夢を見るのは自由ですからね」

そう言うなり、開け放たれた窓の周りに煙が集中する。次に目を開けた時には既に、紫丹の姿は掻き消えていた。床に、おびただしい血の痕だけを残して。

「待って！」

つい後を追おうとしたところを、肩に伸びてきた手に止められる。なんとか立ち上がった炉灰だ。

「お待ちを。恐らく、あの者は」

そう言って、彼は窓の向こうを指さした。その示す先に視線を向けると――

「え……」

庭の茂みの陰に、使い古された長靴の底が見える。否、倒れている人影が。

そしてその人影から溢れ出た血が、大地を染めていく。

最期の力を振り絞っても、そこまでしか行けなかったのだろう。そう思うと、ひどく胸が痛くなって、英鈴は目を閉じて俯いた。

(あの人とは絶対にわかり合えないと……さっき、私はそう感じたけれど)

胸に手を当てて龍神に祈りを捧げてから、英鈴は考える。

(でもあの舌下仙薬が素晴らしい薬なのは確かだった。医術の腕も、薬学の知識も。もしどこかで道を間違っていなかったら、きっと大勢の人の命を助けられたはずなのに)

そうはならなかった、というだけの話かもしれない。

彼を許せるとも思えない。

でも今の英鈴の胸に去来するのは、たまらない切なさだった。

「……」

その後、呂賢妃が無事であるのを確認した英鈴は、次に炉灰を手当てしようとした。けれど、彼はそれを固辞する。

「感謝します、董貴妃様。しかしここは、どうぞ私にお任せください」

彼は頭を垂れ、静かに告げた。

「眠らされている警護の者や、我が母たちも、いずれ目を覚ましましょう。彼らには、私から事情を伝えます。それより先に董貴妃様は、どうぞ銀鶴台へ」

銀鶴台――つまり、二度目の戴龍儀が行われている場所へ。

「で、ですが」

「急げばまだ、儀式に間に合うかと。陛下が帝位継承を成し遂げられる様を、どうぞその目でお見届けください」

その言葉に視線を上げれば、ちょうど昇りゆく朝日が目に入った。

陽光の中に、一番会いたい人の面影――朱心の姿が浮かぶ。

「……わかりました。ありがとうございます、炉灰殿！」

一礼し、それから素早く、英鈴は離れの外に出た。


「龍杯は赤に染まった。今ここに、余が旺華国皇帝として認められしことを宣言する」

東の空から昇った陽が朱心を、そして彼が両手で支え持つ龍杯を眩く照らしている。

（間に合った……！）

玻璃の杯に注がれた転色水は、既に真っ赤に染まっていた。色をしかと確認した瞬間、全身から力が抜けそうなほど、英鈴は心から安堵する。

今度こそは無事に儀式が行われたという証左――そして国中の多くの人々にとっては、

龍神の許しが得られたという何よりの証が、皆の前に掲げられていた。
「皇帝陛下万歳！　皇帝陛下万歳！」
銀鶴台に集った皆が唱和する声が空に響く。
そして英鈴もまた、自然にその唱和に加わっていた。
新しい世の訪れ。朱心の御世が、ようやく到来したのだ。
（よかった……！　本当によかった！）
ほとんど涙を浮かべながら、英鈴は朱心をひたすら寿いだ。
新しい朝の光に包まれた朱心の姿は、まさに自らがそうであるがごとくに輝いている。
（きっと、この方ならば大丈夫）
強く、そう思う。紫丹への宣言は、きっと嘘にはならない。
（いいえ、絶対に嘘になんてしない。私が、みんなが、陛下をお支えするから）
そう強く誓うこちらの視線に、ふと、朱心のものが重なった。
彼が浮かべた穏やかな微笑みに胸を熱くしながら、英鈴は、つい涙を零した。

＊＊＊

そして、数刻後——呂家の離れにて。

目を覚ました呂賢妃は、すぐさま医師に診せられた。

幸い例の白い煙を吸った後遺症などはなく、また今までに幾度か襲われていた発作も、英鈴の見立て通り奔豚気によるものだと診断された。

そういうわけで、英鈴の作った薬膳芝麻球を、ようやく正式に披露したのだ。

「はい、こちらをどうぞ。呂賢妃様」

新しく作り直した胡麻団子を、英鈴は呂賢妃の前に差し出す。

「苓桂甘大棗散は元より甘い薬ですので、飲みやすいかとは思いますが……しばらく何も召し上がっていなかったと伺っていますので、これで気力を蓄えてくださいね」

「……」

胡麻団子が載った皿を、呂賢妃は受け取った。けれどその眉間には、僅かに皺が寄っている。今は主の傍に控えている月倫たちが、それを見て口々に言いだした。

「呂賢妃様、もしお嫌なのでしたらどうぞお残しくださいませ！」

「そうですわ、所詮は素人の作った服用法ですもの！　ご不安なのも当然です」

「お静かに！」

ぴしゃりと英鈴は言った。

「私は害になるようなものは作っておりません。それに、召し上がるか決めるのは呂賢妃様ですよ」

こちらがそう言うと、月倫たちはいかにも悔しそうな顔をした。だが、それ以上茶々を入れてくるでもない。

一方で、呂賢妃は胡麻団子を一つ手に取ると、小さく齧った。

「い、いかがですか？」

「……甘すぎる」

眉間の皺をさらに深くして、彼女はぼそりと言った。瞬間、それ見たことかといったような表情を月倫たちは向けてきた。

英鈴は素直に謝る。

「それは申し訳ありません。呂賢妃様は、甘い味はお嫌いでしたか？」

「別に、嫌いじゃないけれど。甘党の陛下に合わせるのが、癖になっているんじゃないの」

そんなことを言いつつも、もう一度、彼女は胡麻団子を口に運んでいる。

その頬の血色が少しだけよくなっていくのが、とても嬉しい。

（本当によかった）

この薬は、奔豚気の発作が出る前に、それを抑える目的で作られたものだ。しかしもう、発作の心配なんてしなくていいのかもしれない。

結局のところ、炉灰は妹思いの人物だった。ただ酷く不器用で——数々の冷酷な言葉は呂賢妃を奮い立たせるための発破としてのものだったのだが、それが伝わらずに、彼女の心を苦しめていたのだ。

しかし、それももはや過去のこと。

今に至る前、英鈴が銀鶴台から戻ってくるより先に、意識を取り戻した呂賢妃と炉灰は、どうやら二人だけで話をしたらしい。

どんな話をしたのかまでは聞いていない。けれど医師の治療を受けるために部屋から出て行った炉灰の顔が、どことなく晴れやかだったのが、すべてを物語っているように思う。

そんなことを思っている間に、呂賢妃の前の皿は空になっていた。月倫が差し出した手巾で口元を拭いた彼女は、不貞腐れたような面持ちで黙りこくっている。

「やはり、甘すぎましたか」

問いかけると、呂賢妃は表情を変えずに答えた。

「ええ、本当に。何もかも甘すぎる」

「え？」

言っている意味を量りかねて、こちらが少し訝しむと、今度は彼女から口を開いた。

「あなたのことは、やっぱり、好きになんてなれない」

「そ、そうですか」

「でも」

ちらりとこちらの目を見て、すぐに逸らし、呂賢妃は呟くように言う。

「ありがとう」

――彼女からお礼を言われたのは、前の暗殺騒ぎの時以来だ。

けれど今回は前よりもずっと、何か温かい感情に満ちているように、英鈴には思えた。

それがなんだか嬉しくて、微笑みながら返事をする。

「どういたしまして」

「……」

呂賢妃は、視線を逸らしたままだ。

しかしこちらに対してだとわかる口調で、語りだした。

「これからは、見張っているから。あなたのこと、ずっと」

相手の視線が、また英鈴に向けられる。まっすぐなその瞳には、静かではあっても、はっきりとした光が宿っていた。

「あなたの言葉……後宮を変えるという言葉が、本当かどうか。近くにいて、自分の目で見極めなければ気が済まないもの」

「呂賢妃様！　それでは」

つい身を乗り出し、彼女に問いかける。

「戻ってきてくださるんですか？　後宮に」

「……ええ。でも、嬉しそうにされても困る。自分のために後宮に戻ると……私が、そう決めただけだから」

不愉快そうに、顔を顰めての返事。けれどきっぱりと告げられた彼女の選択に、こちらの表情は自然と明るくなる。

一方で月倫たちもまた一気に色めき立つと、抑えきれない様子で主を取り囲んだ。

「呂賢妃様、さすがのご英断です！　苦難を経てさらに成長されるとは、この月倫、嬉しゅうございます！」

「これからも私どもは誠心誠意、あなた様だけに尽くしますわ！」

「もし董貴妃様が言葉を違えることがあったなら、その時は問答無用で詫びていただきましょうね！」

（……違えるつもりはないけれど）

などと思いつつも、侍女たちに揉みくちゃにされている呂賢妃の姿を見つめる英鈴の顔は、なおも綻んでいた。

――きっとこれからは、もっといい後宮にできるはず。

ぼんやりした希望などではない、強い確信を得られたように思ったからだ。


さらにその後、呂家を訪れた朱心からの使いに従って、英鈴は禁城へとやって来た。

かつて朱心から沙汰を受けた広間に入ると、見知った人影がいくつもある。

（あれは……！）

「お父様！　お母様！　みんな！」

「おおっ、英鈴！」

不安げに佇んでいた父母、そして店で働く面々が、こちらの姿を見てぱっと表情を明るくする。

紫丹が事件を自白してから息絶えたこと、そして英鈴が見つけた数々の証拠が裏付けとなって、彼らの冤罪は見事に晴らされたのだ。

もちろん英鈴への処分も取り消しとなり、呂賢妃の罪もなかったことになっている。

「英鈴、無事だったのですね！」

泣き腫らした目をした母に、思い切り抱き締められる。抱き締め返すと、その温もりと懐かしさに、思わずこちらまで涙が溢れてしまった。

「ありがとう、お母様。私は大丈夫。みんなこそ、思っていたより元気そうでよかった」

「ああ、陛下は本当に寛大なお方だ」

父もまた目元を赤らめながら、噛みしめるように話してくれる。

「濡れ衣を着せられて、みんなで役所に引き立てられた時はそれはもう恐ろしかったんだが……やってきた銀色の髪の宦官殿が、こっそり教えてくださったんだ」

陛下は董大薬店の面々が無実であると信じているが、身の潔白を示すためにも、調査の時間が必要だということ。

誰かが薬店に悪意を向けているのは確かなのだから、これ以上の危険を遠ざけるためにも、調査が終わるまで、しばらくこの場所に滞在してほしいこと。

身の安全は保障するし、店を閉めている間の不利益も弁償すること――

「とまあ、畏れ多くも至れり尽くせりなお話をいただいたわけだ」

「外には出られませんでしたが、その分、静かにゆっくり過ごしていましたよ」

「そうなんだ、よかった……！」

（本当にありがとうございます、陛下！）

胸を撫でおろしながら、心の底から、朱心に感謝する。信頼はしていたけれど、やはりその通り、家族たちには最大限の配慮をしてくれていたのだ。

「ところで、英鈴」

ひとしきり喜び合った後、改まった様子で父が話しかけてくる。

「なんでしょう？」

「お前、あの恐ろしい呪符に書いてあった文言を知っているか？」

不可思議そうに顎を撫でつつ、父は言う。

「娘を貴妃に取り立てておきながら、などと書いてあったんだが」

「うっ!!」

ぎくり、とつい肩を震わせてしまう。

けれどそれには気づかない様子で、母や店の従業員たちも、訝しげにしながら語りだした。

「そうそう、そんなことが書いてありました。だからお役人さんたちにも申し上げたのですよ、私どもの娘は貴妃様ではなく宮女ですと」

「なのに、まったく取り合ってもらえませんでねえ」

「まあ、なんだな！」

父が纏めるように、豪快に笑いながら言う。

「逆にはっきりしたんだ。そんな突拍子もない嘘が書いてあるのなら、呪いなんてやった犯人は絶対にうちの店の人間じゃないと！　そもそも、誰も蠱術などやるはずもないんだが」

「ええ。英鈴が貴妃だなんて、誰も信じませんよ。そんな出鱈目」

はははと、和やかな笑い声が辺りに響く。

でも英鈴一人だけが、引き攣った顔をしていた。

「どうした？　英鈴」

「い、いえ」

（どうしよう）

内心、ものすごく逡巡している。

（ここで「実は貴妃です！」なんて言ったら、絶対にみんなびっくりするだろうし……お母様は気絶してしまうかも）

しかしだからといって、いつまでも真実をひた隠しにすることはできない。

実家に危害が向けられることがもう二度とないとは言い切れないし、それにここまで巻き込んでしまった以上、きちんとすべてを説明するのが、正しい行いのように思えた。

（そうよね。たとえめちゃくちゃ驚かせることになったとしても、ちゃんと話すべきよね）

と、思ったので――英鈴は、その場にいる全員に明かすことにした。

自分が貴妃であるのを含めて、これまでに起こった出来事の全容を。

最初、みなは半笑いで話を聞いていた。

だが説明が進むにつれて、彼らの表情は青くなっていった。いくつかの質問を受け、それに答え、さらに燕志が後からやって来て、説明の補足をしてくれた段に至って――

「おいっ、お前！」

「お母様、しっかりして！」

――母は気絶した。

だがこうしてようやく、英鈴は自分が貴妃であると、家族に伝えられたのであった。

＊＊＊

太陽は、早くも中天に達した。

儀式が終わったその翌日、呂賢妃ともども、晴れて後宮に復帰した英鈴は――もちろん、ずっと秘密を守ってくれていた雪花と合流して、喜びをわかち合った後――久しぶりに、秘薬苑へと足を運んでいた。

「ああ……やっぱり、ここは落ち着く」

大きく空に向かって伸びをしながら、つい独り言ちる。

ほんの六日ほど開けていただけなのに、もうずっと来られていなかったように感じる。

ゆっくりと辺りを見渡してみれば、まだちらほらと実をつけている南天竹の木のすぐ傍で、寒芍薬が白く可憐な花を咲かせていた。

それに見上げれば、梅の木がようやく小さな蕾をつけはじめている。

（ようやく、春が来るのね）

このところ寒い日ばかりだったけれど、きっと、もうじき暖かい日が増えてくるのだろう。なんだかそれがとても嬉しいことのように思えて、時間も忘れて、梅の枝に見入ってしまう。

だからこそなのか、それともいつものことなのか。

「その梅がどうかしたか」

「きゃっ⁉　え、あ、陛下！　ご、ご機嫌麗しく……」

背後から歩み寄ってきた朱心に、まったく気がつかなかった。

いきなり真後ろから話しかけられて、つい跳び上がってしまってから慌ててお辞儀する。

朱心はというと、例によって酷薄な笑みを浮かべて、しげしげとこちらを眺めていた。

その衣は、もはや白いものではない。皇帝にしか着用を許されない、黒に朱の裏地の上衣を、今は纏っている。帝位を継承し、正式に喪が明けたからだ。

(見慣れないお姿のはずなのに、ちっともそう思えないのは……やっぱり風格というものなのかしら)

英鈴は、ぼんやりとそんなことを考えた。朱心は目を細める。

「お前はいつ会っても変わらぬな。ある意味安堵するほどだ」

「恐れ入ります……？」

(これって褒められているのかな)

疑問に思いつつも英鈴が礼を述べると、彼は静かに、梅の木へと歩み寄った。

少しだけその枝を見上げてから、朱心はまたこちらに視線を向ける。

「さて、董貴妃よ。此度もずいぶんな活躍だったようだな。儀式の謎を明かし、冤罪を晴らし……呂賢妃も後宮に留まることとなった。期待通りの働きだと褒めてやろう」

「ありがとうございます。すべて、陛下のお力添えあってこそです」

正直にそう伝えると、朱心は「ほほう」と短く言った。

「殊勝なる言葉だな。それに免じて、幽閉先から逃亡した罪については見逃してやろう」

「えっ、あ、あれは！　陛下がお目こぼししてくださったのかと」

「私はお前に『逃げろ』などと命じておらぬ。まあ、紫丹が引き起こした騒ぎのせいで、諸々の事柄がなし崩しになっているのでな。お前の逃亡に目くじらを立てる者は、私以外にはいないだろうが」

（だったら、いちいち釘を刺さなくても）

そんなふうにも思ってしまうのだが、これも陛下らしさというところだろうか。

内心で嘆息するに留めて、英鈴は反論しなかった。

すると、ややあってから朱心がこちらに一歩、近づいてくる。

「ところで」

と語る彼が見つめるのは、今日も英鈴が首に巻いている襟巻である。

「その絹布、よほど気に入ったようだな」

「え？　ええ、そうなんです」

朱心から貰った、白い絹布。紫丹に襲われた時も毒の煙から守ってくれた品だ。

「この布をいただいていたお蔭で、命を救われました。もしこれがなければ、呂賢妃様をお守りできなかったかもしれません」

「ふむ。そのつもりで下賜したわけではなかったのだが……役に立ったなら、甲斐もあったというものだ。しかし」

語りながら、朱心の手が襟巻の端を摑む。

それから彼は、するりとそれをこちらの首から外してしまった。

「え？」

「今後は、もうこれも必要あるまい」

絹布を手に、朱心はうっすらと口の端を上げる。

けれど英鈴には、意味がよくわからない。

（確かに暖かくなるだろうし、もう防寒具の出番はしばらくないだろうけれど……）

でも寒の戻りという日もあるかもしれないし、せっかくなら、まだ持っていたかったのに。

そんなことを思って戸惑っていたせいで、英鈴は、朱心が自分のほうにもう一度手を伸ばしたのに、気がつかなかった。

気づいたのは、自分の右手を包む、朱心の手の温もりのせいだ。

「へ、陛下……!?」

「董英鈴よ」

こちらが何か言うよりも早く、顔のすぐ前で、しっかとこちらを見据えている朱心は、静かに告げた。

真摯な、そして穏やかな面持ちで。

「私の皇后になってくれ」

――ふわりと、春の風が吹く。

「はっ、ハイ！」

反射的に、英鈴は力強く返事した。

問いかけの意味をはっきりと理解したのは、「ハイ」と告げた口を閉じた直後だった。

（えっ、い、今、陛下は私に……皇后になって、くれって仰ったのよね？　コウゴウって、あの……あの皇后って意味よね）

最初に仄めかされてから、ずっとずっと心の奥底でほんのりと期待し続けていたことが、突然、現実になって投げかけられた。

そのせいでつい、それを噛みしめるよりも前に答えてしまったのだ。

なんというか、すごく――びっくりしてしまったから。

（どうしよう、私）

己の胸に手をやりながら、英鈴は必死に考える。

（ほ、本当に皇后になるのね。陛下の、奥方に。いえ、今も陛下の奥方の一人とは言えるんだけれど、それとは少し違って……）

「フッ」

かたや、朱心はまたいつもの怜悧な面持ちに戻っていた。彼は取っていた英鈴の手を離すと、小首を傾げて軽やかに言う。

「さて、これで言質は取ったな。わかっているだろうが、これを覆せばお前は背信行為を働いたこととなる。ゆめ忘れるなよ」

「は、はい。もちろんです」

「ククッ。殊勝なのはよいが、後になって悔やまぬようにな」

口元を軽く手で覆って、彼は続ける。

「皇后ともなれば、もはや気楽な日々は許されん。後宮の管理のみならず、政務や財務、異国とのやり取りの場に参じることも求められよう。圧しかかる執務に押し潰されぬよう、せいぜい今から心しておくことだな」

「……！」

その言葉に、英鈴は一気に現実に引き戻されるような気がした。

そう、皇后というのは浮かれた立ち位置などではなく、一つの重要な役職なのだ。

ともすれば薬童代理としての任よりも、遥かに多くの人々に影響を与える仕事。

(いけない、浮ついた気持ちになっていた……！　これからはもっと頑張らないといけない、ということよね。しっかりしないと)

拳をぎゅっと握り、自戒する。

ふわふわした温かい気持ちに浸っている場合ではなかったのだ。

「申し訳ありません、陛下。粉骨砕身の覚悟で頑張ります！」

「その意気やよし。だが、本当に身が砕けては困る。くれぐれも不養生には注意せよ」

「はい！」

きりっ、と眉を吊り上げてこちらが応えると、朱心はまた酷薄な笑みを浮かべた。

それからまた、英鈴のすぐ前にまで近づくと——

「え……？」

朱心の顔が大写しになった瞬間、額に、何か柔らかく温かなものが触れた感覚があった。

何かの間違いかと思うほどにそれはすぐ離れてしまって、残ったのは、額がじんじんとくすぐったいような不思議な感触と、真っ赤に染まっていく自分の頬。

「え。あの、へ、陛下？」

(今、おでこに触ったのってもしかして、もしかして陛下のく、唇……？)

自分の額を手で覆ってみても、真実はもうわからない。

それを知っている人は、目の前で楽しそうに笑っているから。

その長い黒髪を、柔らかな風が乱していく。

「フッ。ずいぶんと暖かい風が吹くようになったものだ」

語りながら、朱心はもう一度、梅の枝に目を向ける。

「楽しみだ。待ちかねた春が、ようやく来るのだからな」

抜けるような蒼天（そうてん）の下、始まったばかりの時代を象徴するかのように、穏やかな風が英鈴たちを包むのであった。


（了）

参考文献

入江祥史『寝ころんで読む金匱要略』中外医学社、二〇二〇年
入江祥史『寝ころんで読む傷寒論・温熱論』中外医学社、二〇一七年
薬日本堂・監修『全改訂版　薬膳・漢方検定公式テキスト　日本漢方養生学協会　認定』電子書籍版、実業之日本社、二〇一九年
田中耕一郎『生薬と漢方薬の事典』日本文芸社、二〇二〇年
安井廣迪『改訂版・医学生のための漢方医学［基礎篇］』改訂版、東洋学術出版社、二〇二一年

あとがき

こんにちは、甲斐田紫乃です。

ついにこの物語も六巻目を迎えました！　これもすべて、読者の皆さまのご声援あってこそです。本当にありがとうございます！

今回は英鈴が久しぶりに後宮の外に飛び出して、活躍する話でした。ちょっとアクション要素も入れられたので、個人的に楽しかったです。


今回も素敵な表紙イラストを描いてくださった友風子先生、的確なコメントとたくさんの励ましをくださった担当編集さまに、深くお礼申し上げます。

また、コミカライズを担当いただいている初依実和先生にも、改めて感謝いたします。

コミック版はついに小説第二巻の内容に突入していますので、ぜひご覧ください！

それではまた、皆さまにお目にかかれますように。

甲斐田紫乃

富士見L文庫

旺華国後宮の薬師 6

甲斐田紫乃

2022年8月15日　初版発行

発行者　青柳昌行
発　行　株式会社KADOKAWA
〒102-8177　東京都千代田区富士見2-13-3
電話　0570-002-301（ナビダイヤル）

印刷所　株式会社暁印刷
製本所　本間製本株式会社
装丁者　西村弘美

定価はカバーに表示してあります。　◇◇◇

●お問い合わせ
https://www.kadokawa.co.jp/（「お問い合わせ」へお進みください）
※内容によっては、お答えできない場合があります。
※サポートは日本国内のみとさせていただきます。
※Japanese text only

ISBN 978-4-04-074640-1 C0193

旺華国後宮の薬師
おうかこくこうきゅうのくすし
後宮の官女が目指すは、『おいしい』処方――!?
漫画 初依実和
原作 甲斐田紫乃
キャラクター原案：友風子
ComicWalkerにてコミカライズ連載中!